캘리포니아에
비가내리면
Every day, a new fullness

캘리포니아에 비가 내리면

1판 1쇄 발행 ┃ 2020년 11월 25일

지은이 ┃ 박신아
발행인 ┃ 이선우
펴낸곳 ┃ 도서출판 선우미디어
　　　　등록 ┃ 1997. 8. 7 제305-2014-000020호
　　　　130-100 서울시 동대문구 장한로12길 40, 101동 203호
　　　　☎ 2272-3351, 3352 팩스: 2272-5540
　　　　sunwoome@hanmail.net
　　　　Printed in Korea ⓒ 2020. 박신아

값 13,000원

ISBN 978-89-5658-652-6 03810

캘리포니아에 비가 내리면

Every day, a new fullness

박신아 에세이

Essays by Park Shinah

선우미디어 sunwoomedia

스스로 위안받고 새롭게 일어난다

태양이 사철 내리쬐는 캘리포니아에 살면서도 나는 추위를 잘 탄다. 봄이 되고 시작도 하기 전, 머뭇거리는 사이 여름도 가고 가을이 와 있다.

수필은 문학이란 한 장르로서 자서전이 될 수 없는 경계에서 문학의 본질을 염두에 두지 않을 수 없다. 수필은 쓰는 사람의 삶이나 인격이 고스란히 드러나는 경계에서 조화를 이룬다는 것은 쉽지 않다

글을 쓰는 행위는 무엇일까?

모든 익숙함에 길들어진 내 땅에서 멀리 떨어져 낯선 세상과

마주하며 자신도 모르게 긴장하며 갈증을 느끼고 사는 사이 나의 정서도 메말라갔다.

뜨거운 태양 아래 사막의 모래밭을 묵묵히 걷는 낙타가 되어 모래 위에 발자국을 남기고 스스로 위안받고 새롭게 다시 일어나는 행위, 그들 중 하나는 나의 글쓰기였다. 문학의 사명이나 수필의 정석이나 이론 같은 것은 마음에 두지 않았다.

글을 쓰는 시간에는 남태평양의 바닷가 살랑거리는 물속에 발을 담그고 어릴 적 앞마당에 빨갛게 무더기 진 다알리아 곁에 서 있기도 하며 때로는 유럽의 오래된 성채 앞에서 가늠할 수 없는 시간을 헤아려 보기도 한다.

글쓰기는 삶의 버거운 현장과 꿈꾸고 상상하는 삶의 중간지대에 있는 나의 메자닌(Mezzanine)이며 피난처이다.

2020년 가을

박신아

차례

chapter 4 젊은 날의 친구를 만나다

chapter

1

경계인

외국에서 오래 살았다 해도
나는 여전히 나의 정체성으로 인해
그들과 완전히 융화되지 못하고 있다.
그렇다고 온전한 한국인도 아닌 변화된
고국의 어디에도 속하지 못한 경계인으로
두 개의 세계에 한 발씩을 걸치고 있다는 느낌이다.
지금은 나라와 나라 사이의 왕래가 빈번해
딱히 경계인이라고 말할 것도 없는 세태이고
또 세계적 흐름이다.
세상은 빠르게 변화되고 지금은 국경을 넘나드는
노마드 시대이건만 나의 정체되어 있는
정서가 세상을 따라가지 못하는 것뿐이다.
- 본문 중에서

어느 긴 하루

음력 이월 보름달이 고즈넉하게 산동네를 비추고 있다. 달빛이 뜰 안에 흥건하다. 뜰에 나서니 밤바람에 자몽나무의 쌉싸래한 꽃향기에 흠뻑 취할 것 같다. 멀리 내려다보이는 도시의 불빛이 수많은 보석을 뿌려놓은 듯 오색 빛으로 빛난다. 세상의 어느 보석이 이보다 더 고울 수 있을까.

밤하늘을 올려다본 지가 언제였던가? 문득 분주하다는 핑계로 자연이 거저 주는 혜택을 얼마나 많이 놓치고 사는지에 생각이 미친다. 현대인에게는 문명이 가져다준 놀잇거리가 너무나 많다. 잠시도 휴식할 수 없도록 수많은 정보와 흥밋거리가 널려있다. 인터넷 바다를 뒤지거나 아이폰 속에 빠져 또 다른 세상에 관심을 둔다.

토요일 오전에 잠깐 볼일로 외출했다가 돌아오니 집에 전원이 나가 있었다. 점심을 먹으려고 가스스토브를 켜니 켜지지 않는다. 오후에도 약속이 있어 밖에 나갈 준비를 하다가 '아차' 했다. 전기장치로 된 게이트가 열리지 않는다는 것을 잊고 있었다. 밖에 나갔던 식구들이 집에 돌아오지 못하고 있다.

전기가 들어오지 않은 공간에서 할 수 있는 것이 별로 없다. TV 보기, 인터넷, e-메일 체크 등 오늘은 그들로부터 해방이다. 신문을 들고 샅샅이 읽고 마지막으로 오늘의 운세까지 보았는데도 전기가 들어오지 않는다. 오늘의 일정을 포기하고 며칠 전 출판기념회를 가졌던 김 선생님의 수필집을 읽기 시작한다. 7시가 되자 더는 글을 읽을 수가 없다. 아래층으로 내려와 지난 크리스마스 때 쓰다 둔 양초를 찾아 여기저기 불을 밝힌다.

모처럼 이 고요가 좋다. 혼자만의 아늑한 시간을 오히려 즐기고 있다. 모든 사물의 움직임이 정지된 듯 끊임없이 흘러넘치던 이웃집의 수영장 분수 소리도 끊어진 지 오래다. 멀리서 개 짖는 소리가 어둠을 흔든다. 지금 이곳은 도시에 갇힌 섬이다. 그동안 문명의 이기에 철저하게 속박되어 살고 있었다는 걸 실감한다. 오늘따라 걸려오는 전화조차 없다.

작은 오두막을 짓고 혼자 살았던 데이비드 소로의 숲속의 삶이 이런 기분이었을까. 산 위에 있는 이 동네는 지난해에도 정전 사태를 경험했다. 고도로 발달한 과학의 혜택을 누리고 살고 있는데 실은 속수무책 그들의 지배를 받는 건 아닐까. 전기가 나간 세상은 인간을 무력하게 한다. 재난이나 비상사태를 대비해서 평소에 간단한 기기들을 다룰 줄 알아야 하고 비상용품을 준비해야 한다는 걸 알면서도 설마 하며 방관하고 살고 있었다. 수많은 첨단 기계에 둘러싸인 채 그들을 신뢰하고 의존하던 삶이 오히려 그들에게 구속이 된 것이다.

오늘은 아주 긴 하루였다. 인간이 만들어 놓은 문명의 이기에 갇힌 하루였다.

일상의 풀 먹이기

어쩌다 그런 생각을 했을까. 오랫동안 잊고 있었던 일인데 올여름 유난히 길었던 무더운 날씨 때문이었을까.

문득 이불 홑청에 풀을 먹여야지 하는 생각을 했다. 몇 나라를 거쳐 미국에 정착한 뒤엔 까마득히 잊고 지냈으니 30여 년 가까이하지 않은 일이다.

토요일 아침, 평소보다 일찍 일어나 방마다 이불 홑청을 걷어냈다. 세탁하기 전 풀을 먹여야 할 면 종류를 구분하여 세탁기를 돌려놓고 나는 밀가루를 연하게 풀어 타지 않게 끓여 놓았다. 어릴 적 어머니께서는 밀가루나 쌀가루를 사용하기도 했고 밥알을 보자기에 싸서 곱게 주물러 풀물로 쓰기도 했다.

이불 홑청에 풀을 먹이지 않게 된 것은 변화된 침구 문화의 덕이기도 하다. 한동안 실크나 새틴, 폴리에스테르 같은 천을 많이 사용했지만, 요즈음 건강에 좋고 감촉도 좋아선지 면 종류나 극세사 같은 부드러운 커버를 사용한다. 이불솜도 묵직한 솜 대신 무게감마저 느낄 수 없는 가볍고 따뜻한 양모나 오리털을 애용하고 있다. 집에서 빨 수 있는 것을 제외하고는 대개 2, 3년에 한 번 드라이클리닝을 해주게 된다. 양모는 동물성 단백질로 주변 습기를 흡수해 지방이 변해서 악취가 날 수 있으니 자주 건조해 주기만 하면 옛날 이부자리 관리보다 한결 쉬워졌다.

깨끗이 빨아진 홑청을 준비해 둔 풀물에 잘 주물러 햇볕에 말리는 대신 드라이기에 넣고 반쯤 말렸다. 완전히 마르기 전에 꺼내 반듯하게 접은 후 다듬이질 대신 천으로 싸서 발로 자근자근 밟아 큰 주름이 펴지게 했다. 습기가 남아 있는 홑청을 햇볕에 살짝 말려 다리미로 다렸다. 시중에서 파는 스프레이 풀을 사용할 때보다 훨씬 매끄럽게 주름이 잘 펴졌다.

어릴 적 할머니와 어머니가 이불 빨래하는 날은 온종일 집안이 분주했다. 손으로 일일이 실밥을 뜯어서 홑청과 이불솜을

분리한 후 큰솥에 양잿물을 넣고 삶았다. 풀을 먹여서 대강 말린 후 두 사람이 마주 잡고 다듬잇돌에 알맞은 직사각형의 크기로 접어 다듬이질을 했다.

두 분이 마주 앉아 다듬이질할 때, 마치 이중주의 타악기를 연주하듯 강약의 리듬을 반복하며 장단을 맞추었다. 여름날 오후 나른한 오수에 젖어 들는 그 리드미컬한 다듬이소리, 아득한 꿈속에서 들려오는 추억의 소리, 음악 소리였다.

다듬이질을 끝낸 이불 홑청을 마당 가득 빨랫줄에 널어놓고 바람에 살랑거리는 것만으로도 시원했다. 눈이 시리도록 흰빛 끝자락 어디쯤, 끝없는 바다가 닿아있는 듯 흰 돛단배를 연상시켰다.

그때는 여러 세탁 과정이 끝났다 해도 이불솜을 다시 홑청 속에 넣고 꿰매는 일이 만만치 않았다. 지금은 지퍼나 단추가 달린 홑청에 안감을 넣으면 간단하지만, 전에는 홑청 속에 솜을 넣고 네 귀가 잣대로 잰 듯 땀 한 땀 손으로 꿰매야 했다.

네 귀의 시접이 얼마나 반듯하고 매끄럽게 바느질을 하느냐에 따라 모양과 솜씨의 척도가 달라진다. 어릴 적 어머니가 이불을 꿰맬 때면 반대쪽에 앉아 긴바늘을 들고 어머니 흉내를 내보기도 했다, 이불 귀퉁이의 사각에서 딱 떨어지게 시접을 접어 넣는 일은 생각보다 쉽지 않다.

온종일 걸리는 작업의 삼 분의 일을 기계가 했음에도 어머니 세대들이 평생을 했을 이 일상의 일들이 쉽지 않게 느껴짐은 그동안 너무 편한 것에 길들어있었음이리라.

풀 먹인 이불은 겨울보다 여름이 제격이다. 열기가 가시지 않은 여름밤, 잘 손질된 이불 속에 누우면 그 가슬가슬한 느낌이 참 좋았다. 피부에 닿는 차갑고 시원한 감촉이 새 이불을 덮는 듯 기분이 상쾌해지곤 했다. 움직일 때마다 사각거리는 소리는 내 유년의 기억 속에 아직도 남아 있다.

풀 먹인 홑청의 감촉과 느낌을 기억하는 사람이 얼마나 될까. 내 아이들도 이렇게 느끼고 있을까. 갈수록 세대 간의 생활방식이 달라졌고 서로가 바쁘고 시간이 엇갈려 부모와 자식 간에도 추억이나 감정을 공유한다는 것이 쉽지 않다.

사람들은 기분 좋은 소리와 냄새, 촉감을 가장 오랫동안 기억한다. 이제 각각의 제 가정을 가지게 될 내 아이들은 부모와 함께했던 시간에 어떤 소중하고 아름다운 기억을 간직하고 있을까?

사람의 일생 중 삼 분의 일을 잠자리에서 보낸다고 한다. 이부자리에 늘 신경을 쓰셨던 어머니를 생각한다. 방마다 풀 먹인 주름살 없는 정갈한 이불을 침대 위에 반듯하게 깔아 놓으니 무슨 큰일을 해낸 것처럼 흐뭇하다.

　무더운 잠 못 이루는 여름밤, 풀 먹인 상큼한 이불을 펴고 일상에서 이루지 못한 꿈 한 자락 아련한 꿈속에서나 이루어 볼까나.

프린트릿지 산책길

7시 30분. 아침 산책길에 나선다. 느릿느릿 걸어서 집 근처 동네를 한 바퀴 돌아오기도 하고 가끔은 좀 더 멀리 나가 한 시간이 훌쩍 넘기도 한다.

우리 동네 프린트릿지(Flintridge)는 큰길을 중심으로 여러 갈래로 나뉜 길이 있어 매일 다른 길을 택하여 산책할 수 있다. 이른 아침에는 풀냄새도 꽃향기도 푸른 잎도 더욱더 짙게 느껴 진다. 늘 보던 것들도 이 시간에는 더 새롭고 신선하다.

오래된 숲속에서 나뭇잎 썩은 두엄 냄새, 무더기로 떨어져 있는 도토리, 아침 햇살에 반짝이는 싱그러운 초록 잎들, 흰 장미의 우아한 자태, 노랗게 피어있는 수선화, 잎을 두어 개

달고 있는 튤립 봉오리, 잎사귀에 맺힌 이슬방울.

먼 곳에서도 눈에 들어오는 그들과 달리 발걸음을 멈추고 더 오래 들여다보는 것들이 있다. 외진 곳에서 존재감을 드러내지 않고 작은 꽃을 달고 땅으로만 기어가는 풀줄기들이다. 어디서 본 듯한 낯설지 않은 풀꽃, 그도 나처럼 어느 이민 가방에 끼어 산을 넘고 바다 건너 설렘과 불안, 호기심으로 이 땅에 와 몸을 풀었을까. 사막의 열기가 대지를 뜨겁게 달구는 여름날에도 생명이란 이름으로 견디어 내는 힘, 근원을 뒤로하고 세상의 풍경과는 아랑곳하지 않고 살아남기 위해서 자기 몫을 묵묵히 해나가 끝내는 꽃을 피워내는 끈질긴 인내, 다가가 앉아 작은 꽃송이를 가만히 세워준다.

주인의 허락도 없이 남의 정원을 마음껏 구경하는 것은 또 하나의 동네 산책길의 즐거움이다. 집주인의 개성에 따라 정원의 모양도 여러 가지다. 낮은 담장 너머로 잘 가꾸어진 앞마당을 누구든 볼 수 있다. 옆집의 뜰과 뜰이 서로 연결된 푸른색이 공간과 시야를 넓게 보이게 한다. 사적인 공간은 모두 뒷마당에 설치해 있다.

한국의 아름다운 정원들은 견고한 대문과 높은 담을 쌓아 놓아 밖에서는 볼 수 없는 그들만의 성이다. 어느 집은 큰 개를 대문 안에 풀어놓아 접근조차도 어렵다. 사람 사는 곳은 다 마찬가지 일진데 담이 없어도 내가 사는 이곳이 더 불안하다고 느껴지지 않는다.

대문이 없으니 그 집에 사는 집주인을 만날 것도 같은데 집안은 인기척도 없다. 낯선 사람이 지나가면 검둥이 한 마리쯤 달려 나와 짖을 것만 같은데 그마저도 들리지 않는다. 프린트릿지 사람들은 다 어디로 갔을까? 동네를 한 시간쯤 걸었는데 몇 대의 차들만 지나갈 뿐 온 동네가 정적에 싸여있다.

하기야 이사 온 지 일 년이 지나서야 옆집에 사는 유대인 쥴리가 우리 집에 왔을 정도다. 그녀의 남편이 사업차 종종 집을 비우니 비상시 서로 연락하자고 전화번호를 남기고 갔다. 그러나 반대쪽의 이웃은 얼굴도 모른 채 나이 든 부부만 살고 있다고 추측만 할 뿐이다.

그 옛날 내 이웃의 사람들은 담을 사이에 두고 모처럼의 별미를 건네기도 하고 새로운 소문을 주고받기도 했다. 눈 오는 날 아침이면 아직 온기가 남아 있는 따스한 잠자리에서 듣는 부지런한 이웃집 아저씨의 사각사각 눈 쓸어내는 소리가 아직도 기억 속에 남아 있다.

숨 가쁘게 달려왔던 이민 생활 하루 중 가장 바빠야 할 이 시간이 나이가 목에 차서야 축복 같은 짧은 아침 산책 시간이 주어졌다. 살아가기 위해서 끊임없이 생각하고 움직이어야 하는 그런 일상과는 다르다. 이 시간만큼은 흐르는 물처럼 자유로운 마음으로 앞에 보이는 것들과 눈을 마주한다.

평소에 관심도 존재도 모르고 지나쳤던 작은 벌레들도 한 생애 짧은 인연 같아 유심히 쳐다본다. 조물주는 모든 사물을 창조할 때 인간만을 위한 것이 아니라 여러 생명을 허락하여 그들과 어울려 살게 하였다. 나이 들어 달라지는 것은 작은 미물에도 시선과 생각이 머물게 되는 것이다.

경계인

오랜만에 고국을 찾았다.

서울은 어디를 가나 넘쳐나는 사람들로 활기차고 역동적이다. 내가 살아 본 몇 나라의 여느 도시 못지않게 외국인도 많아졌고 함께 어울려 사는 국제도시가 되었다. 자주 고국을 방문하지 못한 탓인지 익숙하면서 낯선 느낌이다. 무리 속에 속하지 못한 변방인이 되어버린 느낌, 무언가를 찾고 있지만, 딱히 무엇이라고 말할 수 없는 생경함이다.

외국에서 오래 살았다 해도 나는 여전히 나의 정체성으로 인해 그들과 완전히 융화되지 못하고 있다. 그렇다고 온전한 한국인도 아닌 변화된 고국의 어디에도 속하지 못한 경계인으로 두 개의 세계에 한 발씩을 걸치고 있다는 느낌이다.

지금은 나라와 나라 사이의 왕래가 빈번해 딱히 경계인이라고 말할 것도 없는 세태이고 또 세계적 흐름이다. 세상은 빠르게 변화되고 지금은 국경을 넘나드는 노마드 시대이건만 나의 정체되어 있는 정서가 세상을 따라가지 못하는 것뿐이다.

나의 이 모호한 정체성은 어느 한 곳에 마음을 부리지 못하고 있는 건 나의 어쭙잖은 방랑기와 알지 못하는 새로운 세계에 대한 호기심 탓일 것일까. 새로운 것과의 시작은 언제나 힘든 과정을 거쳐야 한다는 걸 알면서도 네 곳의 나라를 거치면서 내가 선택한 미국에서 비로소 정착하고 마음을 부리고 산다.

얼마 전 함부르크를 다녀왔다. 한때 나는 그곳에 정착하려고 심각하게 고려했었다. 사철 푸른 숲과 쾌적한 환경, 죽을 때까지 든든한 사회보장제도, 역사와 문화가 있는 고풍스러움 등등 함부르크에 대한 호기심이 지금도 많은 것은 아마 내 안에 정체를 알 수 없는 철들지 않은 미지에 대한 동경이 숨어 있는지 모른다. 그러나 나의 근원은 내가 태어난 고국이고 나의 본향이다.

밖에서 온종일 낯선 사람들과 어울리다가 일과 후 집으로 돌아와 비로소 하루의 긴장이 풀어지듯, 고국에 돌아오면 비슷한 얼굴들과 익숙한 풍경, 같은 언어를 쓰고 같은 음식을 나누고 같은 정서에 마음이 푸근해진다. 이제는 외국 생활 30여 년이면 아무것도 거치적거릴 게 없을 것 같은데 아직도 나는 이방인으로 온전히 융화되지 못하고 있다.

몇 년 사이에 한국도 많이 달라졌다. 도시에서나 공장지대에서만 정착할 것 같은 외국인들이 농촌이나 어촌 구석구석에서 생업에 열중하고 있었는데 한국도 신 유목민 시대에 이미 접어들었다고 볼 수 있다.

몇 년 전 손녀가 아기일 때 멕시코인 보모를 두었다. 그녀와 3년을 우리는 한 집에서 살았다. 그녀는 밥은 물론이며 미역국을 끓이고 반찬도 두어 가지 해 놓고 퇴근하는 우리를 기다렸다. 부지런하고 깔끔해서 집안을 윤기 나게 하였다. 우리는 지금도 그녀에 대한 좋은 기억이 있다.

지금도 그 이후 쌍둥이 손자들이 태어나서 한 달이 지난 후부터 멕시코인 마리아의 보살핌으로 2년이 넘도록 함께 살고 있다. 손자들은 마리아가 있을 때는 온종일 그녀와 눈을 마주하고 놀다가 우리가 안아보려고 하면 고개를 돌리고 마리아에게만 매달린다. 우리의 차지가 되는 날은 마리아가 쉬는 날이다.

외국에 사는 우리는 적어도 겉으로 편견 없이 대하는 이 나라 사람들처럼 내 나라에 와서 일하는 외국인들도 차별 없이 성숙한 마음으로 받아들여져야 할 것이다. 우리는 글로벌 시대의 일원으로 새로운 인식이 필요할 때이다. 세계 여러 나라 사람들이 서로 왕래하고 조건만 갖춘다면 어느 나라에서도 살 수 있게 되었다.

고국에는 아직도 내 어머니가 살아계시고 내 형제자매 친척들이 살고 있다. 나에게는 아직도 언제고 돌아갈 고국이 있어 익숙한 모국어로 옛날을 추억하며 울고 웃으며 마음을 나눌 수 있으니 생각만으로도 든든하다.

내 고국 한국에 따뜻한 사람들이 있다는 것은 행운이며 큰 위안이다.

캘리포니아에 비가 내리면

눈을 반쯤 뜨고 창밖을 내다본다. 낮게 가라앉은 회색빛 구름이 금방이라도 굵은 빗방울을 쏟아낼 것 같다. 안개가 가려진 건너편 산자락 아랫마을의 희미한 불빛이 몽환적으로 흔들린다.

뒤뜰에 이제 막 보랏빛 꽃잎을 떨어뜨린 자카란다 고목에서 휘휘 바람 소리를 내며 가지들을 흔들어댄다. 바람 불고 먹구름이 하늘을 덮으면 틀림없이 비가 내리던 한국과 달리 이곳 캘리포니아에서는 좀처럼 비가 내리지 않는다.

올여름 캘리포니아에는 기록적인 가뭄이 닥쳤다. 브라운 주지사는 주 전역에 비상사태를 선포했다. 잔디에 스프링클러의 사용을 줄이고 수영장에 물을 가득 채우지 말 것과 손을 씻을 때는 흐르는 물에 씻지 말고 물을 받아서 사용하라고 한다.

극단적인 물 부족을 경험해 보지 못한 주민들은 자발적으로 참여하는 캠페인으로는 한계가 있다. 일부 지역에서는 배급제를 시행하고 벌금을 내게 하기도 한다. 그런데도 상황은 나빠지고 있다. 또한 일반가정이나 사업체 중 미리 금액을 정해놓고 사용하는 이들에게는 물을 절약하자는 말은 쇠귀에 경 읽기다. 가정에서 쓰는 물이야 어느 정도 한정이 되어 있지만, 농업용수로 쓰는 물의 양은 전체의 60%나 된다. 근본적인 원인은 비가 내리지 않은 데 있다.

요즈음 내 잔소리도 부쩍 늘었다. 남편이 면도할 때면 물을 너무 많이 열어놓지 말아라. 설거지하다가 잠시 다른 일을 할 때는 물을 잠가라 식구들에게 잔소리를 해도 별로 효과를 얻지 못한다. 우리 집에서 가장 물 절약을 잘하는 사람은 세 살짜리 손녀다. "할머니, 손을 씻을 때는 물을 조금만 열어놓고 씻어야지요. 왜냐하면 물을 많이 쓰면 돈이 없어져요. 그러면 내가 캔디 사 먹을 돈이 없잖아요." 한국말로 또박또박 그 나름대로 셈법을 한 건지 웃음을 자아내게 한다.

다시 눈을 감는다. 지금 비가 내리고 있는 거야. 주문하듯 나에게 암시를 한다. 여름날 뜨겁게 달구어진 지열을 서늘하게 식혀주던 소나기같이 8월의 아침은 서늘하다. 비는 메마른 대지만 적셔주는 것이 아니라 마음까지도 스며든다.

비 오는 날에 듣는 음악을 얼마나 또 달콤하게 마음을 흔드는지. 내 마음에 남아 있는 비 오는 날의 기억이다. 그러나 캘리포니아 이곳 엘에이에서는 이런 비 오는 날의 서정을 느껴본 지 오래다.

옆집 수영장에 대리석으로 만든 네 마리의 돌고래 입에서 쏟아지는 물소리를 눈을 감고 듣는다. 지금 비가 내리고 있다고 상상하는 나 혼자만이 즐거움이다.

비가 내린다. 낮은 소리로 자분자분, 또 후드득후드득 깊은 산속 작은 폭포에서 떨어지는 물소리 같다. 일요일 아침 새벽에 듣는 빗소리는 포근하고 여유롭다. 소박한 음악 소리다. 꿈속인 듯 달콤하고 평화롭다.

눈을 뜨면 빗소리도 사라진다.

20년이 지난 후

한 무리의 새 떼가 포물선을 그리며 아득히 멀어져 간다. 날아간 새 떼 뒤로 바다와 닮은 하늘이 수평선 끝까지 펼쳐져 바다와 맞닿아 있다. 어느 것이 하늘이고, 어느 것이 바다인지 알 수 없다. 방파제 앞의 파도는 온종일 똑같은 리듬으로 우르르 몰려왔다 밀려 나간다. 20년 전에 보았던 그 모습 그대로 바다는 변함이 없다.

어둠이 내리자 바다에 비치는 월광은 비밀스럽고 신비하다. 캄캄한 어둠 속에서 듣는 파도 소리는 무한한 공간에 한낮 초라하고 미약한 존재를 실감하게 한다. 파도가 방파제 위에 있는 집 가까이 밀려온다. 금방이라도 우리의 잠자리를 삼킬 것 같은 두려움을 느낀다. 거역할 수 없는 공포의 대상이다. 낮과 밤의 두 얼굴을 가진 생명체다.

새벽이 되자 어둠 속에 침잠하고 있던 물상이 서서히 모습을 드러낸다. 비로소 마음의 안정을 찾는다. 바위에 부딪히는 천둥 같은 소리는 여전한데 간밤에 듣던 공포감은 사라지고 반짝이는 금빛 물결이 마음을 따뜻하게 한다. 아침 햇살이 빗살무늬를 길게 드리우고 있다. 파도 소리도 순해졌다. 모래톱이 데워지기 시작하고 방파제 아래 검은 돌들도 빛이 난다.

중년의 여자가 바위틈에 머리를 묻고 무언가 캐고 있다. 어제 우리에게 댓 마리의 가재를 들고 왔던 근처에 사는 여인이다.

멕시코 샌퀸틴(sanqintin), 이곳 바닷가에는 주말이나 휴가를 보내기 위하여 엘에이에서 자재들을 싣고 와 간단히 지은 집들이 있다. 일행은 아침 일찍 방파제 아래로 낚시질을 나가고 없다. 파도 소리와 가끔 끼룩거리는 물새 소리만 들릴 뿐 막막한 섬에 나 혼자 있는 듯하다.

오늘은 동네를 한 바퀴 돌아볼 참이다. 동네래야 여기서 조금 떨어진 곳에 띄엄띄엄 있는 예닐곱 가구가 전부다. 가끔 찾아오는 이방인들에게 잡은 생선이나 조개를 캐어 팔기도 하고 외지인들에게 도움을 제공하고 비용을 번다.

　수도 시설이 없는 이곳에서 잠깐씩 머물다 가는 타지인들에게 물을 공급해 주고 집을 관리해 주는 아저씨의 집에 들렀다.

　집은 대문이 없이 개방되어 있었다. 3대가 같이 사는 넓은 터에는 나무와 꽃도 몇 포기 심겨 있다. 생각보다 안정된 모습이다. 이 황량하고 외딴곳에서 어떻게 살까 하는 어쭙잖은 생각은 나의 선입견이었다.

　열 살 아래의 고만고만한 아이들이 마당에서 뛰어놀다가 외지인의 등장에 우르르 밀려 나온다. 먼지 묻은 반바지에 맞지 않은 헐렁한 웃옷을 걸치고 가슴을 훤히 드러내놓고 있다. 낯선 사람에게 "올라(Hola)"하며 인사를 한다.

　손가락을 입에 물고 낯선 이방인을 빤히 쳐다본다. 강아지도 덩달아 짖지도 않고 마중 나온다. 70년대 우리의 시골 풍경이다. 끝없이 넓고 척박한 땅 위에 집을 짓고 사는 어른과 아이들은 구김이 없다. 도시인이 누리고 사는 온갖 문화시설 없이도 그들은 어쩌면 우리보다 훨씬 행복한 삶을 살고 있는지 모른다.

　치열한 경쟁이나 타인과의 비교, 혹은 공동체와의 크고 작은 갈등 없이 단순한 삶의 행복을 누리며 산다. 집으로 돌아가던

길에 엔세나다 근처 바닷가에서 하루를 더 머물기로 했다. 먼지가 뿌연 황톳길을 달리다 보면 가끔 그 메마른 언덕에도 풀 몇 포기를 키워내고 그 존재를 드러내고 있는 생명을 본다. 그것들이 귀히 여겨진다.

바닷가로 가는 길은 비포장도로로 먼지가 풀풀 날리고 길은 울퉁불퉁해 차가 요동친다. 땅이 넓어서인지 모든 국도나 지방도로는 거의 일직선이다. 나무 한 포기 없는 모래벌판을 지나는 동안 인가는 드물게 보인다.

바다가 보이는 언덕 아래 넓은 공터에 어디에서 모여들었는지 남녀노소가 부활절 축제를 즐기고 있다. 소박한 음식 부스 앞에 노인들이 한 줄로 의자에 앉아 아이들이 하는 놀이를 구경하고 있다.

젊은 남자애들은 또래 여자들을 태우고 허름한 지프를 몰고 모래 언덕을 올라갔다가 구릉지를 타고 내려오기를 반복한다. 개조한 듯한 지프가 언덕을 올라가다 모래밭에 묻혀 헛바퀴만 돌며 모래를 뿌려댄다. 아래에 있던 사람들이 몰려와 모래를 파고 차를 밀어낸다. 공동체 삶의 신선한 풍경이다. 도시화하기 전 우리의 삶이 그러하지 않았을까.

이 넓은 땅이 불모지처럼 버려져 있는 것은 강우량 때문이다. 7개월 동안 비가 오지 않은 땅, 3월부터 11월까지의 강수량이 13mm밖에 되지 않는 땅이다

티후아나와 엔세나다에는 넓은 빈 땅에 물을 끌어와 농작물이 싱그럽게 자라고 있는 곳도 있다. 물이 풍부하다면 옥토가 될 땅이다. 바다로 가는 길은 언제나 설레고 자유롭지만, 도시로 돌아오는 길은 두 어깨에 짊어진 무거운 삶이 기다리고 있다.

미국으로 돌아가기 위해서 지루한 통관절차를 기다려야 한다. 국경 근처에 오니 행상인들이 가정에서 만든 음료나 과일들을 깎아 컵에 담아 팔고 있다. 몇몇 사람들은 뽀얀 먼지를 뒤집어쓰고 생존을 위한 기회의 땅을 넘기 위해 오늘도 국경선에서 서성이고 있다. 20년 전이나 지금이나 똑같은 풍경이다.

새들은 자유롭게 국경선을 넘나드는데 사람들은 내 편 네 편. 내 땅 네 땅 가르며 끝없이 경계를 짓고 반목하며 살고 있다.

유자나무의 뿌리 내리기

두 해 전 시월 중순, 회사에 출근하니 남편의 테이블 옆에 화분 하나가 놓여있다. 높이가 30cm가 채 되지 않은 가느다란 가지에 누런 이파리를 달고 있는 모습이 부실해 보였다. 이파리의 모양으로는 레몬나무나 오렌지나무일 거라 생각되었다. 남편도 누가 갖다 두었는지 모른다고 한다. 점심때가 되어서야 패턴 파트에서 근무하는 미스터 조가 갖다 놓았다는 것을 알았다.

평소 말이 없고 맡은 일만 열심히 하는 사십 대 후반의 미스터 조다. 자기가 직접 접목한 유자나무라고 했다. 캘리포니아에서는 흔하지 않은 과실나무이니 잘 키워 보라며 몇 가지 주의사항을 일러준다.

집에 가져와 레몬나무와 오렌지나무 사이에 터를 잡아 조심스럽게 심고 물을 듬뿍 주었다. 한동안 잊고 있다가도 그 옆을 지날 때는 유심히 보게 된다. 서너 달이 지나도 누런 잎만 매단 채 전혀 변화가 없다.

특별히 신경을 쓰지 않아도 계절 따라 쉴 새 없이 가지가 휘어지게 열매를 달고 있는 레몬나무 사이에 낯섦으로 어설프게 서 있다. 마치 모든 익숙함에 길들여진 내 나라에서 지구 반쯤을 돌아 이곳 엘에이에 옮겨 사는 내 모습 같아 애잔하다.

감귤류로서 유자나무는 열대지방이 원산지다. 내한성이 강한 유자나무는 우리나라에서는 따뜻한 남해안, 고흥지방에서 많이 재배한다. 열매뿐만 아니라 이파리까지도 유용하게 쓰인다. 과일 껍질은 말려서 향신료로 쓰기도 하지만, 우리가 알고 있듯이 껍질째 썰어서 꿀에 재워 두었다가 피곤할 때나 감기 기운이 있을 때 뜨거운 물에 넣어 마시면 효과가 좋다.

그 향과 맛이 그윽하여 금방 기분까지 좋아지게 된다. 또한 이파리는 명절 때 볶은 콩과 함께 빻아 곱게 가루를 만들어 찹쌀떡 고물로 사용한다. 색깔도 곱지만 콩가루에서 나는 냄새가 향기롭고 특별했던 기억이 난다.

그 많은 나뭇잎 중에서 미세한 향내마저 놓치지 않고 이용하여 실생활의 영역을 풍요롭게 만들었던 우리 조상들이다. 송편을 찔 때도 솔잎을 깔고 떡을 쪄서 향취를 더하고 시각적인 맛을 돋우듯이.

옮겨 심은 지 한 해가 지나고 봄이 왔는데 더 자라지도 않고 이파리 빛깔도 처음 그대로다. 나도 차츰 잊고 있었다. 그런데 올봄 그냥 지나치려다 언뜻 본 유자나무는 새로 돋아난 잡초 한가운데 새순을 자기 몸길이만큼 쑥 키워놓고 있었다. 너무나 반갑고 대견하여 주위의 잡초를 제거해 주니 연초록 새순이 더욱 돋보인다.

내가 무심하게 보낸 사이 어두운 땅속에서 쉬지 않고 묵묵히 잔뿌리를 열심히 내리고 있었던 것이다. 성목이 되기까지 시간이 걸린다는 것을 잊은 채 진득하니 기다리지 못한 내 조바심이 부끄러웠다. 이제 뿌리를 단단히 내리고 긴 대공을 높이 올렸으니 여름의 태양이 빛나면 연한 순들은 더욱 단단하게 초록빛으로 변할 것이다.

어느 때면 슬며시 내 꿈에 보이는 고향의 옛집에 서 있었던 유자나무를 내 뜰에 심어 놓고 가끔은 옛일을 생각하며 추억에 잠기리라. 언젠가는 가지를 넓게 벌리고 열매 맺어 지나가는 바람에게도 유자향기 날려 보내고 먼 길 돌아온 작은 새들에게 지친 날개 잠시 쉬어 갈 쉼터가 되어 줄 것이다.

진초록 이파리 무성하고 그사이에 노란 열매들을 풍성하게 달고 있는 모습을 지금부터 상상해 본다.

손녀와 나들이

사는 것은 크고 작은 일의 끝없는 연속이다. 자고 나면 또 다른 일거리로 하루가 짧다. 며칠 전 손녀와 피오피코 도서관에서 빌려 온 책 두 권을 테이블 위에 올려놓고 오가며 곁눈질만 한다.

킨더가든에 다니는 손녀가 2주간의 봄방학을 맞아 내 차지가 되었다. 이번 방학에는 학교에서 아직 할 수 없는 일을 매일 경험하게 해주고 싶다. 방학 나흘째 되던 날, 피오피코 도서관에 데리고 갔다. 한국에서 보내 준 기초과정의 한글책과 동화책 또 이곳에서 산 미처 보지 못한 책들이 있음에도 도서관이란 어떤 곳이며, 책에 대한 친밀감과 흥미를 느끼게 해주고 싶었다.

한인 타운 중심에 있는 도서관이고 한글로 된 책 종류가 많을 것이라는 짐작만 했지, 들어가 보기는 처음이다. 대여카드를 만들고 규칙 사항을 들은 후 아동 열람실에 들어갔다. 다행히 아이는 도서관 안을 대충 둘러보더니 한국어로 된 책 한 권을 들고 의자에 앉아 읽기 시작한다. 이른 나이에 한국어를 가르쳐서인지 여섯 살이 된 지금 몇 어려운 낱말 외에는 제법 잘 읽고 쓴다. 집에서는 늘 우리 말을 하던 아이가 킨더가든에 들어가더니 집에 와서도 영어를 쓰기 시작한다. 그럴 때는 짐짓 모른 척하면 눈치를 채고 다시 한국말을 하여 우리를 미소 짓게 한다. 늦게 이민 온 내 경험으로 어른이 되어서 습득하려고 한 외국어가 쉽지 않다는 것을 알기 때문이다. 미국에서 태어난 손녀에게는 우리말이 외국어가 될 터이고 영어는 일상어가 될 것이다.

그의 부모가 한국인이고 우리의 뿌리가 한국인이기에 한국말과 글을 쓰는 데 부족함이 없어야 한다. 그것을 가르치는 것은 부모의 책임일 것이다. 일찍 이민 온 자녀들이 겉은 한국 사람이지만, 부모하고도 어설픈 우리 말 몇 마디와 영어를 섞어 의사소통하는 경우를 볼 때 안타까운 마음이 든다.

부모가 한국인이고 우리의 뿌리가 한국인이기에 한국말과 글을 읽고 쓰는데 당연히 부족함이 없어야 한다. 그것을 가르치는 것은 부모의 책임이다. 일찍 이민 온 자녀들이 겉은 한국 사람이지만 부모하고도 어설픈 우리말 몇 마디와 영어를 섞어 의사소통하는 경우를 볼 때 안타까운 마음이 든다.

외국어를 습득하게 하는 것은 재산을 물려주는 것보다 값지다고 했다. 재산은 있다가도 없어질 수 있지만, 책에서 얻는 지식과 지혜는 평생 자산이 될 것이다. 스웨덴 연구팀에 의하면 어릴 때 외국어를 배우면 원어민 발음을 가질 수 있다고 한다, 모국어의 방해를 더 적게 받기 때문이다. 어린아이가 발음의 미묘한 차이나 억양을 구별하기에 더 뛰어나다는 것이다.

인지능력에 차이가 없다면 65~80과 20~30대 그룹 간에 새로운 언어를 배우는 데 별 차이가 없다고 한다. 모국어의 구사를 알고 있기에 이를 조직화하는데 더 익숙하다는 뜻이다. 결국, 새로운 언어를 배우는 데 가장 중요한 것은 동기 부여다. 나이와 상관없이 지속적인 의지를 갖고 배워야만 가능하다.

손녀가 고른 8권 책은 모두 영어로 된 얇은 동화책이다.

04. 02. 2017: 할머니랑 증조할머니랑 아메리카나 몰에 갔다.

킨더 초콜릿과 캔디가 많았다. 시나몬 빵을 먹었다. 분수도 보고 이스터 데커레이션이 예뻤다.

손녀가 네 번째 쓴 일기다. 틀린 글자를 빨강 색연필로 고쳐 써 본 것이다. 어른이 되어서도 반 토막 어설픈 한국어가 아닌 한국 사람다운 한국말을 구사하고 그의 자녀 대대로 우리말을 잊지 않기를 바란다.

오늘 밤을 위하여

토요일, 이른 저녁식사를 끝내고 나니 모처럼 한가한 시간이 주어졌다. 집안에서 유일하게 나만의 공간인 침실에 연결되어 있는 작은 서재에서 돋보기를 끼고 신문을 읽고 있었다.

그때 어디서 들어왔는지 손가락 마디보다 작은 나비 한 마리가 컴퓨터 자판기 위에 사뿐히 내려앉았다. 깜짝 놀라 창문이 열려 있는지 여기저기를 둘러보아도 들어올 만한 공간이 없다. 방충망을 통해서 들어올 수 있는 크기는 아니었다. 그 작은 나비가 현관을 통해서 이 층 맨 끝에 있는 침실을 지나 서재까지 들어왔다는 것이 신기하고도 당황스러웠다.

그는 자판기 위에서 날개를 활짝 펴고 한동안 가만히 있다.

단지 가느다란 더듬이만 계속해서 파르르 떨고 있을 뿐, 순간 어떻게 해야 할지 몰라 돋보기 아래로 자세히 살펴보니 머리엔 좁쌀보다 작은 새까만 두 눈이 툭 튀어나와 있다. 양 날개의 아랫부분은 아이보리색으로 레이스처럼 섬세한 주름이 잡혀 있다. 윗부분은 짙은 골드와 실버의 기하학적 무늬가 너무나 정교하고 아름답다. 그는 내 자판기를 점거하고 떠날 줄을 모른다. 그가 스스로 어디론가 날아가 주기를 바라며 책상머리에서 한동안 서로 대치 상태로 쳐다보고 있었다. 그런데 그는 이제 이 낯선 곳이 익숙해졌는지 양쪽 여섯 개의 가느다란 다리로 서 있다가 두 개의 다리를 날개 밑에 슬그머니 넣는다. 그리고 나머지 다리로 비스듬히 앉는다.

이 예상치 못한 불청객과의 조우로 한동안 난감해진다. 그를 잡아서 밖으로 보내 주기에는 그의 몸이 너무 연약하여 손을 댈 수가 없다. 그렇다고 오늘 저녁 해야 할 컴퓨터 작업을 포기할 수도 없다. 자판기를 살짝 건드렸더니 깜짝 놀라 주위를 빙빙 돌다가 반대쪽으로 다시 날아가 앉는다.

이 저녁 수많은 시간과 공간 중에 아주 잠깐 네가 나에게 온 것은 우연인지 아니면 어떤 의미가 있어서인지 알 수 없지만,

물리적 힘으로 너를 어떻게 한다는 건 적어도 이 시간만은 너와 나 똑같은 목숨을 가진 생명체로서 할 수 있는 일은 아닌 것 같다. 이제 내가 그를 해칠 의향이 없다는 걸 알았는지 나를 믿는다는 건지 안전 점검을 끝낸 후 여섯 개의 다리를 모두 날개 속에 접고 더욱 편안한 자세로 내 컴퓨터를 점령하고 있다. 이쯤 해서 하룻밤 잠자리로 정한 이 낯선 손님에게 자리를 내주기로 했다.

고정석의 사랑의 말 가운데 '모든 만남은 수많은 엇갈림 속에 서로 맞물리는 것 그것은 미리 결정돼 있어 모든 우연은 필연이다.'라고 했다. 자유의지가 개입할 수 없는, 미리 결정된 것, 그래서 이 무수한 엇갈림 속에 너와 나의 만남은 운명적이란 것이다. 확신컨대 너와 내가 살아 있는 동안 단 한 번의 만날 기회일 것이다. 그가 사유할 수 있는 의식이 있다면 우리는 이 밤 이 평온한 시간에 내 방까지 찾아와 준 운명적인 만남을 위해 축배를 할 수도 있었을 텐데. 아니면 내가 너와 교통할 방법을 알 수 있다면 하룻밤 좋은 친구가 될 수도 있었겠지.

세계적 종교사가인 시카고 대학교수였던 엘리아데(Mircea Eliad)는 '샤머니즘'에서 "인간이 자연과 동물과의 친교, 그들의 언어에 대한 이해 등이 상실되었음은 이는 인간의 타락으로 인한 것이다."라고 했다. 나아가 엑스터시의 기술로 원초적 낙원 상태로 돌아갈 수 있다면 하늘과 땅 사이에 있는 모든 미물과 교통할 수 있다고 했다.

불확실한 내일의 만남에 어떤 모습을 미리 예견할 필요는 없다. 너와의 만남이 운명적이었듯 내일의 만남도 운명적일 테니까.

See You tomorrow라는 말 대신, 단지 오늘 밤을 위하여 Good night.

주인님 식사하세요

매달 한 번씩 있는 멤버십 모임에 다녀왔다.

평소 빼어난 음식 솜씨와 정갈한 상차림으로 매번 우리의 입을 즐겁게 해주던 친구 회원이 이번에는 캐더링으로 음식을 대신했다면서 미안해했다. 바쁘게 사는 그녀를 이해하면서도 조금은 서운했다.

언제부터인가 가정에서도 음식을 주문해서 손님을 접대하는 경우가 많아졌다. 특히 한식은 손이 많이 가고 시간 또한 오래 걸린다는 것을 주부들은 항상 느끼고 있는 터. 일회용 접시와 숟가락까지도 배달되는 캐더링이야말로 얼마나 편리한 일인가. 그런데도 어딘가 미진함을 느낀다.

이제 단체모임에서 뷔페 음식이 당연시해졌다. 우리의 잔치 문화를 바꾸어 놓은 뷔페 식단에 이미 익숙해졌음에도 매번 음식 앞에 늘어선 긴 줄에서 잠깐씩 곤혹스러운 것은 나만의 생각만은 아닐 것이다. 찬 음식, 더운 음식, 전채요리, 메인요리, 후식 등으로 마치 비빔밥 재료를 한 접시에 담듯이 한다. 물론 순서대로 조금씩 가져올 수 있게 되어 있지만, 많은 사람과 한정된 시간 안에 분위기상 여유를 부릴 수가 없다.

그래서 그런지 보기 좋게 잘 차려진 그 많은 종류의 음식을 먹고도 식사 후에 한 끼 식사를 해결했다는 느낌 외에 특별한 감흥도 없을뿐더러 맛도 어디서나 같다는 느낌이다.

뷔페가 처음 시작된 것은 프랑스였다고 한다. 그 옛날 일요일에 하인이 출근하지 않아 일요일 전날 음식을 만들어 찬장에 넣어 두면 주인이 그것을 꺼내 먹었는데 그 찬장을 뷔페라고 했단다. 결국 뷔페는 찬장을 뒤져 먹은 음식이라는 뜻이다. 태생이 그리 우아한 상차림은 아닌 것 같다. 음식을 만들어 두었으니 알아서 입맛대로 먹으라는 뜻인데 이것이 우리 주부들을 부엌에서 해방시키는 일이 될지는 몰랐을 것이다.

뷔페가 한국에 알려진 것은 월남 전쟁 전후라고 한다. 당시

월남의 뷔페식당에서는 한국인이 오는 것을 매우 싫어했다고 한다. 지금도 그렇듯이 접시에 음식을 잔뜩 담아와 많이 남기니 어느 식당 주인이 좋아했겠는가.

뷔페의 장점은 여러 음식을 골고루 맛볼 수 있고 자기가 좋아하는 음식을 골라 먹는 데 있다. 또한 바쁜 생활 속에 음식을 만드는 시간과 노고를 덜어주니 얼마나 편리한 일인가. 뷔페뿐만 아니라 주문식단을 애용하는 사람도 많아졌다. 이런 일들이 우리 세대들에게는 극히 소수에 불과할 거라고 생각했는데 실제로 나 또한 피할 수 없는 경험을 한다.

결혼 후에도 함께 살던 딸네와 얼마 전 분가했다. 요리하기를 좋아하는 사위도 매번 음식을 한다는 것이 무리였는지 몇 가지 밑반찬을 주문했다. 물론 우리 몫도 함께 배달되었다. 익숙하지 않아서인지 두 번째 주까지 배달을 받고 포기했다.

점점 우리의 고유의 맛과 가정마다 다른 손맛을 맛볼 기회가 사라져간다. 누구네 집 장맛이며 어느 며느리의 음식 솜씨가 좋다는 말은 옛날이야기에서나 들을 수 있게 되었다. 얼마 전 한국에 다녀온 선배가 전해 준 말이다. 선배는 친구네 집에서 며칠 묵기로 하고 짐을 풀었다. 저녁을 기다리는데 때가 되어도 식사 준비를 할 생각도 않고 있더란다. 집 안은 마치 모델하우스처럼 잘 정리되어 있고 부엌은 음식을 해 먹은 흔적도 없이 깔끔했다고 한다.

적당히 배가 고파왔을 때 잘 포장된 따뜻한 음식이 배달되어 왔다. 그제야 그 친구는 아이들이 다 커서 독립을 했고 남편과 둘만 사는데 번거롭게 장을 보고 음식을 해 먹지 않는다고 했다.

일주일에 한 번씩 보내오는 식단을 보고 먹고 싶은 것을 체크해 주면 시간 맞춰 따뜻한 음식이 배달되어 온다는 것이다. 별식을 요청하면 그것 또한 가능하다. 정말 이쯤 되면 주부의 할 일이 없어져서 무료해지지나 않을까 걱정이 될 만하지만, 한국의 주부들은 그 일 아니더라도 더 바쁘다고 한다.

어머니가 가족들을 위해 정성 들여 음식을 만들어 놓고 기다리고 온 가족이 밥상에 둘러앉아 하루의 일들을 주고받으며 이야기를 나누는 정겨운 모습은 이제 찾아보기 어렵게 되었다.

이제 김치 종류를 비롯해 손이 많이 가는 몇 가지 음식은 벌써 주문하여 우리 식단에 오른 지도 오래다. 요즈음 유행하는 기능성 제품처럼 아이들은 그 나이에 맞는 최적의 음식, 당뇨나 콜레스테롤 등 칼로리를 계산하여 배달한 맞춤형 음식 공장도 생졌다.

각 가정에서는 로봇이 TV나 냉장고처럼 필수품이 되어 음식
들을 입력해 놓으면 상을 차려놓고 "주인님, 식사시간입니다."
할지도 모를 일이다.

편리해서 좋은 점이 있다면 또한 잃은 것도 있지 않을까?

초상화

초상화 한 점을 보고 있다. 낯설면서도 낯익은 듯한 얼굴이다. 입술 꼬리를 살짝 올리고 미소를 짓고 있으니 조금은 안온해 보인다. 동그란 얼굴에 늘어진 작은 눈을 크게 추어올리고 누군가를 응시하고 있다. 입술만 보면 아직도 탱탱하여 그 위에 요즈음 유행하는 코럴 색이나 네온 오렌지 립스틱을 바르면 어쩌면 매혹적이지 않을까 잠시 상상해 본다.

그러나 이내 양 콧방울 사이로 흘러내린 팔자주름은 피할 수 없는 삶의 꼭짓점을 한참 지난 낯선 얼굴이다. 분명 익숙한 얼굴인데 낯설고 어색하다. 내 얼굴을 잘 알고 있다고 생각했는데 너무나 익숙하여 설핏 알고만 있었던 것은 아니었을까. 화장하지 않아도 생기 돌던 혈색은 누런빛을 띠고 늘어진 피부 여기저기 잡티와 자글거리는 눈가의 주름살은 감출 수가 없다.

자기의 아름다움이 영원할 수 없다는 걸 일찍이 알아버린 아름다운 청년 오스카 와일드의 도리안 그레이, 그는 자신의 초상화에 담긴 젊음과 아름다움을 자신의 영혼과 맞바꾸어 버렸다. 젊음은 이렇듯 순식간에 사라진다는 걸 그는 알았었나 보다.

외양이란 얼굴의 표피에 불과할 따름이다. 더 중요한 것은 눈에 보이지 않은 곳에 있다.

어느 날 허파 깊숙이 독이 든 세포 하나가 반란을 일으킬지 누가 알랴. 실상은 내 안에 있는 것만이 나의 실체이거늘 겉모습의 치장에 시간과 돈을 낭비하며 주름살 하나에도 신경을 쓴다. 아무리 요즈음 외모도 경쟁력이라 하지만, 나이조차 짐작하기 어려워 당황할 때가 있다. 직립 인간이 세월과 함께 피부가 아래로 처지는 것은 당연한 사실로 받아들이지 못한 것은 육신과 영혼이 함께 늙어가지 못한 까닭일 것이다.

몇 년 전부터 딸아이는 매달 혹은 두 달에 한 번 뉴욕에서 바이어들과 미팅이 있다. 이런저런 이유로 따라나서지 못하다가 이번에는 바쁜 일을 제쳐 두고 함께 갔다. 오후가 되면 수많은 인파의 인종들이 활기차게 움직이고 있는 브로드웨이 거리를 모처럼 유유자적 거닐었다. 저 사람은 어느 나라에서 무슨 연유로 고향을 떠나 여기까지 왔을까? 이 땅이 이민자의 나라라는 것을 실감하며 잠시 상념에 젖는다. 그들은 이 낯선 곳에서 어떻게 아메리칸드림을 이루었을까.

늦은 시간인데 한국의 여느 대도시처럼 많은 인파가 모여든 타임스퀘어 앞 도로변에서 초상화를 그리는 화가들이 모여 있다. 딸은 장난기 가득 동양계로 보이는 화가들 앞에 남편과 나를 앉힌다. 갑자기 많은 인파가 다니는 길가에서 모델이 되어 앉아 있자니 쑥스럽기 그지없다.

번잡한 도로 한 쪽에서 그림을 그리고 있는 오륙 명의 화가들 가운데 부부인 듯한 젊은 동양계 앞에 한 사람씩 앉았다. 억지 미소를 짓고 앉아서 언감생심 모나리자의 미소를 떠올린다.

그림의 모델이 된 여인은 아직도 비밀에 싸여있지만, 당대의 최고의 화가 레오나르도 다빈치는 모나리자의 영원한 미소를 그리기 위하여 광대까지 동원했다고 한다. 그림은 보는 사람에 따라 다르게 느껴져서인지 내가 본 모나리자는 미소보다는 눈매가 아름답게 느껴진다. 살아 있는 것 같은 눈동자는 슬픔인 듯 기쁨인 듯 영혼까지 담고 있다.

짧은 몇 분 사이 그 손놀림이 어찌나 빠른지 얼굴을 몇 번 쳐다보더니 순식간에 그림 한 장씩 우리에게 건네주면서 자기의 솜씨에 대한 반응을 기다리는 듯하다. 어쩌면 이렇게 순식간에 그 사람만의 특징을 그릴 수 있을까? 이상한 것은 내 모습보다는 고모들의 얼굴과 너무나도 흡사하다는 것이다. 고모들을 닮았다는 사실을 알지 못했다. 기실 할아버지로부터 한 핏줄을 탔으니 닮지 말라는 법이란 없다.

미래의 다빈치를 꿈꾸며 지나가는 사람들에게 몇 푼을 벌기 위해 그 짧은 시간 안에 그림 한 장을 그려내는 화가. 엄밀히 말하면 초상화도 아닌 캐리커처(Caricature)다. 얼굴의 특징을 그로테스크하고 과장되게 그려져 있다. 극사실적으로 그린 초상화보다는 연필화로 그린 만화적인 드로잉이 따스하면서도 익살스럽기까지 하다.

세기의 미소 대신 수더분한 미소를 띤 초상화 위로 오렌지빛 저녁노을이 창문을 통해 은은하게 그 위를 비추고 있다.

이 초상화의 모습은 십 년이 지난 후에도 여전히 변함이 없겠지만 나의 모습은 얼마나 더 변해 있을까.

럭시의 가출

럭시가 두 번째 가출했다. 럭시는 올리비아를 며칠 동안 못 만났으니 친구가 몹시 그리웠나 보다.

사건의 발단은 12시에 점심 약속을 1시간 앞두고 서둘러 집을 나서려는 참이었다. 그때 우리를 부르는 소리에 밖을 내려다보니 게이트 앞에서 차에 깜빡이를 켠 채 경찰이 서 있다. 밖에 나온 럭시를 보고 누군가 신고를 했다는 것이다. 그제야 럭시가 없어졌다는 것을 알았다.

우리는 집히는 데가 있어서 금방 찾을 수 있을 거라 하고 차를 타고 5분 거리인 올리비아네 집으로 달려갔다. 초인종을 눌렀으나 인기척이 없다. 두 번 세 번 벨을 울려도 대답이 없다.

집으로 돌아와 그때까지 기다리고 있는 경찰에게 찾지 못했다고 했다. 또다시 야트막하게 경사진 동네를 돌아 공원으로 갔으나 럭시가 보이지 않았다. 어렵게 잡아놓은 약속 시각은 다가오는데 그대로 떠날 수도 없으니 난감한 상황이었다.

집으로 돌아오는 길에 다시 올리비아 집으로 가봤다. 올리비아의 주인은 오십 대 초반쯤 되는 일본계 여자이다. 그녀는 동물경찰과 이야기를 나누고 있었는데 조금 전 내가 벨을 세 번이나 눌렀는데 인기척이 없더니 어쩐 일인가. 경찰은 우리에게 럭시가 이 집에 잘 있으니 걱정하지 말라고 한다. 그런데 그녀는 나를 쳐다보지도 않았다.

며칠 전 토요일에 집을 나간 럭시가 먼지 묻은 발로 그녀의 집 문을 흔들어댔으니 우리에게 화가 단단히 난 모양이다. 가끔 우리가 문을 닫고 저녁을 먹을 때도 럭시는 그 큰 몸을 세워서 손잡이를 흔들어대어 기어코 집안으로 들어오고야 만다.

일본인인 그녀는 유난히 주둥이가 뾰족하고 말같이 다리가 길어 우아하게 걷는 애견 비올라를 데리고 매일 우리 집 앞으로 산책을 한다. 어느 날은 비올라를 데리고 우리 집 게이트까지

와서 들어가도 되느냐고 하여 놀다 가기도 했다. 그녀가 산책할 때, 우리 집을 쳐다보며 이름을 부르거나 비올라가 지나가는 기척에도 럭시는 이리 뛰고 저리 뛰고 난리를 치르곤 했다.

럭시의 목에 칩을 달고 목줄에 전화번호를 적은 이름표를 달아 주었다. 이름표를 보고 우리에게 전화를 해주었으면 번거로운 일을 겪지 않아도 되었을 것이다. 같은 동양인, 일본사람인 그녀에게 어떤 친근감과 선입견 사이에서 짧은 감정적 접전을 일으키는 순간이다.

미국에서는 개를 키울 때 애견법을 잘 지켜야 한다. 애완동물을 키우는 사람은 애완동물 등록국에 신고해야 한다. 예방접종은 기본이고 과태료, 병원비, 목욕비, 사료비 등등 꽤 큰 비용이 들어간다. 한국에서처럼 적당이란 생각으로 키우다간 난처한 일을 당한다. 밖에서 3시간 이상 묶어두면 안 되고 주변에 물과 음식을 준비해 두어야 한다. 밖에는 독(dog)주의란 팻말을 붙여 놓아야 한다. 30분 이상 개 짖는 소리가 지속되면 경찰이 출동한다. 목줄 없이 산책하면 바로 과태료, 산책 중 배설물을 치우지 않으면 2천 불 벌금, 개를 학대하면 애견보호소에 빼앗기고 견주에게도 벌금을 내는 경우도 있다.

럭시는 11개월 된 버니스 마운틴(bunnis mountain)종으로 북극지방에서 썰매용으로 키우는 아주 힘이 세고 몸집이 큰 개다. 성격은 순하고 매우 영리해서 간단한 단어들을 알아듣는다. 두 번의 가출 외에는 특별히 말썽을 피우지 않아서 온 가족의 사랑을 독차지하고 있다. 처음 아이들이 버니스 마운틴종을 인터넷에서 보고 동부에서 데리고 오겠다고 했을 때 개를 별로 좋아하지 않는 나는 탐탁지 않게 생각했다. 여유 시간이 많지 않은데 자주 돌보아 주어야 하고 말썽 피우는 것도 귀찮아서였다.

가끔 개를 키우는 사람 중에는 어려움에 처해 있는 부모나 친척, 이웃에게는 인색하고 외면하면서 애완동물에게는 과도한 치장과 호사를 시킬 때면 지극히 불편한 심기가 들기도 한다. 물론 생명 있는 것은 다 귀하고 사랑받고 보호받아야 하는 것은 마땅하지만, 지나치게 집착하는 것을 보기도 한다.

모든 사람이 성격과 취미가 다르듯이 어떤 사람은 특정한 것에 더 애정을 느낀다는 것은 당연한 일인지도 모른다.

chapter

2

심플함이
좋다

이제 손안에 든 작은 휴대전화기 속에
수많은 정보가 들어 있고,
원한다면 무엇이든지 저장하고 시간, 장소 관계없이
언제든지 꺼내 볼 수 있고, 들을 수 있는 세상이다.
다가올 미래는
상상을 초월한 새로운 세상이 전개될 것이다.
각각의 기능을 가졌던 물건들이 하나의 작은 칩에 담겨
여러 기능을 해내고 있다.
사람과 사람과의 관계에서도 이리저리 얽힌 삶에 치어
가끔 우리를 거북하게 만든다.
- 본문 중에서

편지에 대한 기억

"가을엔 편지를 하겠어요. 누구라도 그대가 되어…."

깊은 가을에는 문득 편지를 쓰고 싶어진다. 아니 누구에게 받고 싶은 것인지도 모른다. 시월이 가고 한 해의 끝자락이 성큼 다가오면 분망하게 보냈던 시간을 잠시 잊고 마음의 여유를 갖게 된다. 그동안 잊고 있던 사람들을 생각나게 한다. 20년 전까지도 주고받았던 편지에 대한 아련한 추억들이 있다. 편지를 주고받던 시대에 살았던 사람들은 아직도 정감 어린 기억들이 잊히지 않는다.

이제는 우표를 붙인 편지는 공적인 편지 외에는 볼 수가 없다. 무한정 쓸 수 있는 개인전화기, E메일과 동영상, 나의 일들을, 타인의 일상을 실시간 중계 방송하듯 보내고 받는 시대에 살고 있다. 굳이 편지라는 형식을 거치지 않더라도 다른 매체들이 그 기능을 대신할 수 있으니 바쁜 현대인들 며칠씩 걸리는 편지를 쓰지 않게 된 것은 당연하다.

70년 대학교를 졸업하기도 전에 초등학교에 근무할 때였다. 조선일보에 〈여선생과 운동화〉란 내 글이 나간 후에 군인들로부터 많은 편지를 받았다. 집집마다 집안 사정까지 잘 알고 있는 시골 집배원 아저씨도 매일 몇 통씩 오는 편지를 들고 와 웬일이냐고 물었단다. 그보다는 어머니가 더 놀라서 언짢아하셨다. 시집도 안 간 처녀가 웬 남자들로부터 많은 편지가 오니 마을에 소문날까 걱정이셨다. 그럼에도 어머니는 버리지 않고 상자에 가득 모아두셨다. 그 후 편지가 든 상자는 어떻게 되었는지 기억에 없다. 오락거리가 흔치 않던 그 당시였기 때문이지 아마 지금이라면 신문에 아무리 좋은 글이 실리더라도 그런 일은 없을 것이다.

편지에 대한 또한 나의 기억은 시골에서 중학교를 졸업하고 도시로 나가 고등학교에 다니고 있을 때 어느 날 아버지께서 보내신 편지다.

"오늘 아침에 나리꽃이 활짝 피어 향기가 뜰 안에 가득하다. 마치 너를 보는 듯 곱구나. 여자는 꽃과 같아서 한번 꺾이면 생명을 잃은 것이란다. 항상 몸과 마음을 단정히 하거라."

내가 결혼해 가정을 꾸린 후에도 가끔 보내 주셨던 아버지의 다감했던 편지를 엊그제 받은 듯 지금도 생생하게 기억이 난다. 돌아가신 지 20년이 지났는데 아직도 그립다.

그 외에도 친구와 주고받았던 편지. 사춘기의 불확실한 미래에 대하여, 젊은 날의 사랑과 열정에 대하여, 혹은 감명 깊이 읽었던 책에 대하여 서로의 우정을 나누었던 편지들. 그러나 언제부터인지 고향을 떠나 외지에 살면서 어머니께 가끔 쓰던 편지마저도 전화로 대신한다.

외국에 나와 살면서는 매일 한 뭉치의 메일을 받는다. 반가운 소식보다는 부담이 되는 여러 납부고지서, 광고 전단지, 청첩장, 각종 모임 초대장들이다. 그걸 알면서도 누군가 반가운 소식이라도 보냈을까 헤집어본다.

10월이다. 한 해가 가기 전 편지를 써야겠다. 아직도 옛집에서 혼자 계신 어머니가 전화가 아닌 편지를 받으신다면 곁에 두고 읽고 또 읽으실 것이다.

빗소리

빗소리는 언제 들어도 좋다. 무엇보다도 잠자리에 누워 어둠 속에서 듣는 빗소리는 어떤 음악보다 편안하며 정겹다. 한밤중이거나 새벽에 자분자분, 혹은 후드득후드득. 연속으로 이어지는 빗소리, 반복되는 소박한 리듬의 빗소리를 좋아한다.

한 주일 내내 비가 와도 괜찮을 것 같다. 낮에 듣는 빗소리는 음계의 '솔'쯤의 소리로, 밤은 '미' 쯤의 음계가 될 것이다.

온갖 소리의 공해에 노출된 현대인들은 그 단순한 리듬에 마음이 끌린다. 자연으로부터 들을 수 있는 소리, 인간이 만들어내는 테크니컬한 소리보다 작위적이지 않아서 좋다. 의식하지 않은 사이 긴장하고 사는 이국의 거친 숨을 순하게 한다.

비가 귀한 캘리포니아 사람들에게 이 겨울이 가기 전, 뜨거운 여름을 견디어 낼 수 있는 에너지를 얻으라는 듯, 요 며칠간 하늘의 공창에 모여 있던 비가 한꺼번에 내려 마른 땅을 적신다. 사람들의 마음도 촉촉해지고 여유로워진다. 자연이 주는 경이로움이며 우리에게 주는 선물이다.

지난 주말부터 내리기 시작한 비는 마른 대지를 적시고, 땅속 깊이 숨죽이고 있던 생명을 움트게 한다. 며칠째, 보도 위에 쏟아진 빗물이 얕은 곳에 작은 개울을 이루고 흘러간다. 늘 갈증을 느끼며 사는 이곳 사람들의 마음도 푸근히 감싼다.

비가 오지 않은 대지는 황량하다. 생명의 원천인 봄에 내리는 비는 하늘의 은혜이기도 하다.

사막의 사람들은 습관이 되어 눈치채지 못한 사이, 이렇게 사분사분 비 오는 날은 말랐던 정서도 부드럽게 풀어 놓고 사람들의 마음도 긴장을 해체시킨다. 이곳의 모래땅에 3~4일만 비가 와도 산과 들의 풍경이 달라진다. 뜨거운 대지 속에 숨죽이고 기다리던 생명의 씨앗들이 흠뻑 몸을 축이고 부풀어져, 생기를 얻고 어느 날 한꺼번에 싱그러운 자태로 산과 들을 초록 풍경으로 바뀌어 놓는다.

비 오는 날은 의식하지 않아도 내 안에 침잠해 있던 감정들이 오롯이 밖으로 튀어나와 작은 소리에도 귀 기울이게 한다. 사노라면 천둥벌거숭이같이 걷잡을 수 없는 감정의 회오리를 느낄 때가 있다. 매일 치러야 할 일상의 것들에 치어 나 자신의 마음을 언제 들여다볼 여유가 있었던가. 앞만 보고 내달리는 일상에 마음의 여유가 생기는 날은 메마른 공기가 모처럼 습기를 머금고 내 안으로 스며드는 날이다.

밤새 조곤조곤 내리는 빗소리에 세상의 모든 소란한 것들이 일순에 가라앉는다. 이런 날은 온종일 빗소리만 들어도 좋을 것이다. 마음이 가는 대로 빗방울 소리에 귀를 맡기고. 활력을 얻은 뒤 세상 밖으로 나갈 에너지를 비축한다.

가시고기, 어머니

가시고기는 수놈이 부성애가 강하다.

수놈은 알을 낳기 전부터 수초들을 물어다가 집을 짓고 안전하게 암놈이 알을 낳을 수 있도록 한다. 암놈이 알을 낳고 떠나버리고 나면 수놈은 주변을 위장하는 등 알을 보호하느라 혼신을 기울인다. 알이 상할까 봐 앞뒤로 뒤집어 주기도 하고 알들의 냄새를 없애기 위해 끊임없이 부채질하며 가까이 오는 물고기들을 물리치느라 먹지도 않는다. 가시고기 수놈은 알이 부화가 될 때쯤 자기의 의무를 다했다는 듯 뼈만 앙상하게 남은 채 죽어간다. 그리고 그 새끼들은 죽은 아비고기의 몸을 먹으며 자란다.

자식 사랑은 우리의 어버이도 그에 못지않다. 그중에서도 어머니의 사랑은 더 맹목적이다. 대가를 바라지 않은 세상의 어떤 사랑보다 원초적이다. 돌아가시는 날까지 자식들을 위한 기도를 멈추지 않으신다.

　이제는 자식들의 보호를 받아야 할 구순이 되신 내 어머니는 지금도 자식들이 좋아하거나 필요한 것이 있으면 당신이 할 수 있는 한 모든 것을 해주려고 애를 쓰신다. 그것이 어머니의 마음이지만 이제는 자식에 대한 염려를 내려놓으셔도 될 텐데 하는 마음일 때도 있다.

　햇수로 두 해만이지만 지난해 5월. 엘에이에 머물다가 귀국하신 어머니가 막내아들 결혼식에 참석하기 위해 다시 엘에이를 방문하셨다. 그동안 뇌수술과 가슴 수술을 하여 우리를 놀라게 했다. 수술한 지 한 달밖에 되지 않아 긴 비행시간이 건강에 무리가 되지 않을까 걱정되었다.

　염려하는 우리에게 보란 듯이 이번에도 여전히 달라지지 않고 같이 온 둘째 딸 가방 속까지 고춧가루는 기본이고 온갖 마른 반찬에 일곱 가지 곡류로 만들었다는 미숫가루, 꿀에 절인 유자차 등을 연신 꺼내 놓으신다. 포장지에는 큰딸 ○○, 작은딸,

작은아들, 이름이 적힌 것들을 꺼내면서 여기서 사 먹는 것하고 같겠느냐고 하셨다. 그 언젠가는 매실주를 담그셔서 병에 담아 오셨는데 병마다 큰사위, 작은사위, 작은아들 이름이 적혀 있었다.

친구네 어머니처럼 멋진 여행 가방에 작은 핸드백만 들고 우아한 미소를 지으며 공항에 나타나서 손만 흔들어도 우리는 반가울 텐데 공항에 내리신 어머니는 몇 날 며칠을 우리에게 가져올 것들을 준비하시느라 피곤한 얼굴로 몇 년 만에 만난 자식들을 쳐다볼 여유도 없이 잃어버린 물건이 없나 가방 챙기기에 바쁘셨다.

언젠가 어머니께 이런 힘든 것 들고 다니지 말라고 했더니 서운한 기색을 내보이신다. 그 후로는 어머니가 하고 싶으신 대로 놓아드리게 된다. 그것은 다 큰 자식에게 할 수 있는 몇 안 되는 사랑의 방법이며 표시라는 것을 알기 때문이다. 어머니가 보내 주신 밑반찬과 양념들을 걱정 없이 넉넉하게 쓰면서 늘 송구한 마음이다

오늘 오후에는 어머니와 함께 동네를 돌아 산책을 다녀왔다. 어머니의 손을 잡고 따뜻한 봄 햇살을 받으며 집 주위를 천천히

걸었다. 얼마나 오랜만에 갖는 둘만의 시간인가. 이제 몇 번이나 어머니와 함께 같은 공기를 마시며 햇빛이 반짝이는 윤기나는 연둣빛 이파리를 볼 수 있을까.

넉넉하고 크신 어머니의 키는 당신의 자리만큼이나 작아져 있다. 내 어머니만은 항상 건강하여 우리의 어려움을 들어주시고 우리의 소소한 기쁨에도 함께해 주시며 언제까지나 우리 곁에 계실 줄 알았는데 그동안 눈에 띄게 쇠잔해지셨다. 오실 때마다 육 개월씩 머물다 가시는데도 무엇이 그리 바쁜지 한가하게 얼굴 맞대고 이야기를 들어드리지도 못한다. 귀국하신 뒤에는 늘 마음이 아렸다.

이번에는 가능한 모든 것을 제쳐놓고 어머니와 함께 시간을 보내리라 마음을 먹는다. 어눌해진 말문이 트이게 이야기를 많이 나누며 그동안 살아온 일들을 어렸을 때부터 지금까지 써보시라고 했다.

지금도 매일 일기를 쓰시는 어머니는 힘이 없는 팔로 삐뚤거린 글씨체에 한글과 한문을 섞어 열심히 4개월 동안 쓰셨다. 다 쓰시면 책을 내드리겠다고 했더니 좋아하시더니 끝을 내지 못한다. 귀국하신 어머니에게 다시 오셔서 이 글을 완성해야 된다고 하니 이 먼 곳을 비행기를 타고 다시 올 수 있을지 ….
흐린 말끝의 침묵이 무엇을 의미하는지 서로 가슴으로 느끼고
있다.

맥그라우 힐의 해 질 무렵

온종일 뜨겁게 달구던 태양이 산꼭대기에 걸터앉아 마지막 숨을 고르며 붉게 물들어 있다. 산 그림자는 조금씩 마을로 내려오기 시작한다. 저녁 안개가 산타아니타의 맥그라우 힐 중턱에 띠를 두르며 서성거린다. 우윳빛 안개는 흰머리를 풀어헤치며 몽환적으로 서서히 흔들린다. 어디선가 저녁 종소리가 들려올 것만 같다. 늘 있던 저녁 풍경인데 뭐가 그리 바쁜지 순간들의 아름다움을 놓치며 무심하게 지나치다 어느 날엔 낯섦으로 마음 밭에 멈춘다.

팜스프링스에서 밀려온 사막의 열기는 계곡에서 내려오는 차가운 대기와 만나 안개를 만들어 어느 순간 서늘하게 청량감을 느끼게 한다. 한 무리의 새떼가 V자를 그리며 어디론가 날아간다. 건너편 산언덕은 우거진 숲의 우듬지만 보일 뿐 차들의 불빛 행렬은 아직 보이지 않는다.

땅거미가 지자 봄날의 꽃송이가 피어나듯 하나둘 불빛이 켜지고 어느 순간 환하게 주위의 어둠을 걷어낸다. 어둠이 오기 전까지는 제각각의 이름들로 불리던 사물들이 어둠 속에서는 하나의 색깔로만 남아 있다. 오직 불빛만이 모습을 드러내어 주위의 사물들의 윤곽을 짐작하게 할 뿐이다. 밤은 낮에 있었던 기쁨과 슬픔, 마음의 상처까지도 따스하게 감싸며 치유해 준다. 하루의 일과를 끝내고 흩어져있던 가족들이 집으로 돌아온다. 대문에 달린 램프가 켜지고 집안엔 따뜻한 정감으로 가득할 것이다.

맥그라우 힐에도 고요한 적막이 흐르고….

호숫가의 작은 마을

아침에 눈을 뜨니 낯선 그림 한 점이 눈에 들어온다. 벽에 걸려 있는 그림을 반쯤 뜬 눈으로 한동안 쳐다본다. 회색빛 배경 속에 잔가지가 잘려나간 우듬지기 나무가 사각의 프레임 속에 갇혀 있다. 이내 이곳이 해발 6,000ft에 있는 그레고리 레이크(Gregory Lake) 주변에 있는 캐빈 안이라는 것을 알았다.

조그만 창으로 보이는 짙은 갈색 나무의 이파리는 모두 떨어져 나가고 작은 가지 몇 개와 몸통만 보인다.

한 점의 그림 같은 창밖의 풍경에 동시에 어머니 얼굴이 스쳐간다. 전혀 예상치 않은 갑작스러운 느낌이다. 며칠 전 구정에 고향 집에서 동생이 보내온 카톡 사진 때문이었을까. 종갓집이

어서 늘 북적대던 명절에 아들 둘만 왔다며 어머니의 모습에 온기가 없어 보였다. 3월이 가까워져 오는데 추위가 기승을 부린다며 전화 속의 목소리마저 서걱거린다. 마치 잔가지와 이파리가 떨어져 나간 겨울나무처럼 쓸쓸해 보였던 것이 마음에 남아 있었던 걸까.

고국의 겨울이 생각나거나 낙엽이 물드는 가을빛을 보고 싶다면 가까운 빅 베어에 오르면 조금은 갈증을 해소할 수 있으리라. 한국의 가을 못지않게 단풍빛도 곱고 겨울엔 눈도 제법 쌓인다.

엘에이에서 두 시간을 운전하고 올라왔는데도 먼 곳에 여행하려고 와 있는 기분이다. 새하얀 풍경에 세상의 번잡한 마음은 일시에 사라지고 타임머신을 타고 젊은 날의 동심으로 돌아간 기분이다.

그레고리 호수의 높은 지대에, 병풍처럼 둘러있는 계곡 사이의 집들은 오히려 안온하다. 호수 주변을 돌며 산책이나 할까하고 따뜻한 겉옷을 걸치고 집을 나선다. 아직 잠에서 깨어나지 않는 산골 마을은 고즈넉하다. 지금쯤 호수 주위는 눈이 쌓여 있어야 하는데 나뭇잎들이 카펫처럼 도로에 깔렸다.

빅 베어 호수와 에로우헤드 호수 주변은 제법 큰 시가를 이루고 있지만, 그에 비해 이곳 호숫가 주변은 더 작고 한적하다. 동화 속의 마을처럼 오밀조밀한 작은 가게들이 길을 따라 양쪽으로 들어서 있다. 대부분 문은 아직 열려 있지 않았다.

길목에 있는 커피하우스에 오픈했다는 사인이 눈에 띈다. 안으로 들어서자 주인 내외가 반갑게 맞이한다. 외국을 넘나들며 큰 사업을 하다가 여행 차 이곳에 와 마음을 빼앗겨 정착했다고 한다. 치열한 경쟁 속에서 살았던 사람들이, 이 한적한 산속에서 작은 카페에 만족하며 늘 여유롭게 웃는 모습이 부럽기도 하다. 올해는 적설량이 많지 않아 스키 타러 오는 사람들도 많지 않고 호수에도 물이 차지 않았다고 그녀의 남편이 말한다.

미국 어느 곳에도 살아 보지 않았던 사람들이 이 동네에서는 오래된 토박이 같다. 주문도 하기 전 하얀 거품이 수북한 라떼를 탁자에 내려놓는다. 자주 들리지도 않았는데 카페라테를 좋아하는 걸 기억하고 있다. 커피 향이 먼저 코끝을 자극한다. 이 집의 커피 맛은 저 아래 도시의 여느 커피 전문점보다 맛이 일품이다.

봄꽃이 풍성한 커다란 화분이 아직 자리를 잡지 못한 듯 입구에 놓여있다. 내 눈이 자주 거기에 머물자 그녀가 웃으며 남편이 밸런타인데이라고 선물한 것이라고 한다. 그녀의 미소와 짙은 핑크빛 꽃잎이 잘 어울린다. 이 집에서만 특별히 맛볼 수 있는 커피 한 잔을 앞에 두고 산골 이야기를 들으며 산책하려던 마음도 접어둔다.

사바의 모든 근심 걱정은 저 산 아래 희미한 풍경처럼 잠시 잊는다.

이민자의 명절

차례상을 차려야 할지, 말아야 할지 이번 추석 명절에도 똑같은 고민을 했다. 그냥 지나쳐도 서운해할 사람이 아무도 없는데 말이다. 돌이켜 보니 이민을 와서 처음 몇 년간은 명절이 되면 그나마 한국에서 지내던 습관대로 이것저것 준비하여 사람들을 불러 함께 보내기도 했는데 시간이 흐를수록 소홀해지는 느낌이다.

이번 추석날은 월요일이다. 하지만 가족이 모두 모일 수 있는 날은 일요일이어서 교회 예배가 끝나고 오는 길에 장을 보면서 빠진 것들을 몇 가지 더 사 집으로 돌아왔다. 추석의 기억도 희미해져 가는 친척들에게 다시 전화로 확인하고 아들딸에게도 여섯 시까지 모이라고 재차 당부했다.

제시간에 맞추어 혼자서 음식을 준비하려면 요령껏 순서대로 해야 한다. 남편은 도와줄 일이라도 있느냐고 묻지도 않고 골프 가방을 들고 횅하니 밖으로 나간다. 언제 들어도 마음이 푸근해지는 〈시트론 꽃이 피는 고향〉의 볼륨을 한껏 올려놓고 그의 뒤통수에 눈을 흘기며 앞치마를 질끈 동여맨다.

지금부터 여섯 시간 안에 모든 음식을 끝내야 한다. 늘 하는 요리인데도 지난밤에 인터넷을 뒤져서 추석 분위기에 어울리는 유명 요리사의 조리법 중에서 간단하면서도 입맛에 맞고 보기에도 좋은 몇 가지가 쓰인 메모지를 쭉 펼쳐놓는다. 아침부터 물에 담가 두었던 고사리, 도라지, 마른 버섯을 불에 올려 살짝 삶아놓는다

지난 오월에 사위가 구호단체를 통해서 이북에 식량을 전달하러 갔다가 북한으로부터 답례로 받아온 선물이다. 특별히 해 먹게 되지 않아 보관하고 있었는데 마침 추석날 사용할 기회가 왔다. 그러나 아침부터 불려둔 고사리가 가느다란 나무뿌리같이 질기다. 지금까지 사용해 왔던 것들은 두어 시간만 불려도 탐스러워지는데 어쩐 일인지 이것들은 물을 넣고 삶은 뒤에도

음식으로 사용할 수 없을 정도다

고사리는 보통 반 음지나 썩은 나뭇잎이 많은 곳에서 자라는 식물인데 북한의 벌거벗은 산에서 채취한 것이라서 그런지도 모르겠다. 식량이 모자란다는 이북에서 산과 들에서 얻을 수 있는 먹거리를 너도나도 채취하다 보니 좋은 품질을 기대할 수 없었을까. 먹을 수 없다고 밀어놓은 고사리를 누군가는 한 끼니의 반찬이 될 수도 있었을 텐데 하는 생각이 들었다.

종갓집 며느리인 친정어머니는 큰딸인 나에게 유난히 집안의 대소사에 대해서 가르치려고 하셨다. 음식도 명절과 제삿날에 올리는 음식이 달랐다. 요즈음은 초저녁에 제사를 지내는 가정이 많아졌지만, 그때는 자정이 되어야 제를 올렸다. 목욕재계 후, 흰옷을 입고 흰 앞치마를 두르신 친정어머니는 젯메를 올릴 때 나를 부르신다. 촛불이 켜진 마룻바닥에 앉혀 놓고 제사상에 올릴 수 있는 음식과 못 올리는 음식, 각기 정해진 위치와 순서 등을 가르치셨다.

나는 어머니의 말씀보다는 촛불에서 흘러나온 희미한 그림자 어려운 글씨로 쓰인 지방과 영정들이 있는 분위기가 너무 무서워 어디론가 도망치고 싶었다. 그 기억 때문인지 제사를 지내는 맏며느리에게는 절대로 시집가지 않겠다고 다짐했다. 그러나 제사를 지내더라도 장남인 남편이 더 좋았던지 박씨 집안의 맏며느리가 되었다. 시집으로 들어간 첫해부터 시어머니는 무거운 짐을 하루라도 빨리 벗어버리고 싶으신지 '이제 네가 알아서 해라' 하셨다.

친정에서 늘 보아왔던 일인데도 스물여덟 살인 나는 겁도 나기도 하고 어떻게 해야 할지 몰랐다. 일찍부터 친정어머니의 가르침에도 자매들에 비해 음식 솜씨가 없다. 시집에 큰일이 있을 때는 며칠 전부터 신경이 쓰여 열이 났으며 일이 끝나고 나면 병이 나곤 했다.

따뜻한 음식은 준비되었고 이제 파티의 시작을 알리는 듯 음악은 슬라브풍의 기품 있는 기도하는 분위기로 바뀐다. 아들과 그의 친구, 사촌, 사위와 딸이 모였다. 여동생 내외와 남동생 내외는 여행으로 참석지 못했다.

꼬박 여섯 시간 동안 서서 준비한 음식을 먹는 둥 마는 둥 한다. 모처럼 집안이 떠들썩하게 웃으며 함께 음식을 나누고 우리가 한 뿌리임을 마음으로 느낀다.

한 마리 새가 되어

  한국에서 방문 오신 어머니를 모시고 글렌데일 시립공원 안
에 있는 평화의 소녀상을 찾았다. 집에서 15분도 걸리지 않은
그곳을 꼭 찾아가 봐야 할 것 같은 막연한 의무감을 느끼고 있었
다.

  작은 공원 주위에 5월의 꽃들이 흐드러지게 피어있다. 소녀
상 뒤편은 시립 도서관과 경계를 이루고 있다. 낮은 담 아래
소녀상이 햇볕을 받고 생각에 잠긴 듯 작은 의자에 앉아 있다.
누군가 두고 갔는지 오래인 듯 마른 꽃 한 가지가 무릎에 놓여있
다. 나도 장미꽃 한 송이를 손 위에 놓았다.

  단발머리에 치마저고리, 두 손을 무릎에 얹은 채 이국의 공원

한편에 다소곳이 앉아 먼 곳을 응시하고 있다. 마치 지난날을 회상이라도 하는 것 같다. 소녀는 작은 새로 다시 태어나 소녀상의 어깨 위에 앉아 있다. 소녀상 옆에는 작은 의자가 놓여있다. 누군가 곁에 앉아 이야기를 들어주는 친구가 있었으면 좋겠다.

어머니는 소녀상이 마치 살아있기라도 하는 듯 얼굴을 어루만지셨다.

"나도 당신처럼 하마터면 끌려갔을 텐데 간신히 살아났소. 얼마나 고생이 많았소. 고생했소."라며 눈물을 글썽거린다. 어머니도 열여섯 살 무렵 징집의 대상이어서 산속으로 숨어 들어가 겁에 질려 며칠 동안 움막집에서 지냈다고 한다. 그때의 공포가 아직도 잊히지 않는 듯하다.

글렌데일 소녀상이 세워질 무렵 일본 커뮤니티의 반발이 심했다. 한미포럼이 글렌데일시를 설득해 공공장소에 세워지게 되었다. 해외에서 세워진 첫 번째 소녀상으로 건립 부지를 내어준 시정부에 고마운 마음이다. 특히 플레긴킨데로 글렌데일 시장의 협조가 많았다고 신문을 통해 알고 있다. '건립을 반대한 일본인 중 99%가 제대로 된 역사교육을 받지 않은 사람들'이라고 말했던 그때의 인터뷰 기사가 인상 깊게 남아 있다.

한국에는 지역마다 소녀상이 있고 미주에도 일본인들의 반대를 무릅쓰고 뉴저지를 비롯한 소녀상 건립이 더 늘어날 것이다. 평화의 소녀상은 단순한 조형물이 아니다. 일본 제국주의 군대에 강제로 징집당한 가장 비참한 성노예의 피해자다. 우리들의 아픈 역사이며 그들을 대변하는 상징이다. 젊은 세대들에게 올바른 역사 인식을 위한 평화의 비이다. 우리가 우리의 인권을 유린당한 사실을 잊고 산다면 누가 우리를 존중해 줄 것인가. 그 침략의 비극은 아물지 않은 상처이며 우리의 가슴속에 영원히 지워져서는 안 된다. 그 일은 우리와 후손들의 몫이다.

일본인들도 독일인처럼 진정으로 지난 과거를 사죄하고 피해를 본 사람들에게 용서를 구해야 한다. 인간의 존엄을 말살한 끔찍한 전쟁을 일으키지 않겠다는 것을 행동으로 보여주지 않는 한 평화의 소녀상은 계속해서 세워져야 하며 우리의 후손에게 알려야 한다. 역사는 미화된다고 있던 일이 없어지지 않는다.

유대인의 홀로코스트 기념비, 오토만제국의 아르메니안 대학살 기념비가 미국의 여러 도시에 세워져 있는데 상대 국가로부터 소송을 당했다는 소리는 듣지 못했다. 일본은 반성은커녕 소녀상 철거를 위한 소송을 다시 시작했다. 참배를 마치고 공원의 벤치에 앉아 전쟁으로 인한 외가와 친가 쪽의 가족사에 미친 전후의 이야기를 들었다.

국가는 물론 한 가족과 개인에까지 미친 전쟁은 얼마나 많은 상처로 굴곡진 삶을 살아야 했는지 겪어보지 않은 세대들은 아마도 이해할 수 없을 것이다. 단편적으로 들었던 가족사를 언젠가 좀 더 자세히 듣고 기록으로 남기고 싶었는데 어머니로부터 많은 이야기를 듣게 되었다.

자리를 뜨려다 보니 아까부터 동양계로 보이는 젊은 한 쌍이 공원으로 들어오자마자 사진을 찍기 시작한다. 한참이 지났는데 아직도 촬영하고 있다. 마치 색다른 패션모델이라도 되는 듯 묵념조차 하지 않고 그 많은 사진을 찍어 어디에 필요한지 궁금하다.

집으로 돌아오면서 떨칠 수 없는 생각은 힘이 없는 국가는 지금도 끊임없이 강대국들의 이해충돌에 피해자가 되고 그들로부터 보이지 않은 압박과 간섭의 대상일 수밖에 없다는 것을.

심플함이 좋다

몇 년 전 패션계에 엣지(edge)라는 단어가 유행했다. 해마다 연초에 펜톤(PENTONE)사에서 그 해의 유행될 컬러를 발표하고, 패션계에서도 그 해에 유행될 스타일과 색상을 발표한다. 패브릭은 물론, 스카프 같은 작은 소품에서부터 전자제품, 가구까지도 그것을 따르는 경향이 있다.

패션에서 엣지라는 용어는 기본적으로 심플한 디자인에 어느 한 부분 포인트를 주어 조화를 이루는 것을 의미한다. 언제부터인지 담백하면서도 단순한 문장들로 쓰인 책이 좋다. 논리의 비약이나 현란한 단어로 나열된 글, 정신세계의 심오한 지적 경쟁이라도 하는 듯한 글보다 간결한 문장 어디쯤 향기 같은 엣지가 있어 읽고 난 후에도 기억해 두고 싶은 글이 좋다.

생활용품도 마찬가지다. 유행이어서, 필요해서 들여놓은 물건들이 기능이 복잡하여 몇 번 쓰지도 않고 찬장 깊숙이 자리하고 있다. 쓰던 물건은 내다 버릴 수도 남을 주기에도 마음이 편치 않아 자리만 차지한다. 없어도 되는 물건이라면 과감히 내다 버려도 좋을 것들을 그러지도 못한다.

언젠가 딸아이가 눈에 익은 옷을 입고 나섰다. 내가 딸을 임신했을 때 입었던 옷이다. 유행을 타지 않을 것 같아 이민 가방에 집어넣었던 것인데 어디선가 찾아내어 입고 나선 것이다. 나 역시 20년 전에 입었던 옷도 종종 입고 다니는 것은 융통성 없는 나의 성격 탓이다. 사람과의 관계에도 한번 인연을 맺으면 쉽게 관계를 끊지 못한다. 이제는 그런 것까지도 애착을 버리고 가볍게 덜어내고 싶다.

이사를 하면서 물건들을 많이 치웠다. 아직도 버리지 못한 물건은 '영해 박씨 대동보' 같은 족보와 결혼할 때 찍은 슬라이드 사진과 가족사진, 졸업앨범, 옥편을 비롯한 사전종류다.

첫 직장을 가졌을 때, 기념으로 샀던 LP 음반들, 그중에서도 슈베르트의 4개로 된 겨울 나그네 모음집, 카르멘 오페라 모음

집. 세레나데 모음집, 세계 영화음악 모음, 그밖에 낱개로 된 집시의 노래 같은 소품들로 된 음반들도 있다. 젊은 날에 마음이 시리도록 듣고 또 들으며 영혼을 충만케 했던 소중한 물건들이지만 이것들을 턴테이블에 올려놓은 지도 오래다. 나조차도 꺼내 보지 않은 물건들이 나에게는 살아온 추억의 흔적이라도 될 수 있지만, 아이들에게는 짐이 될지도 모를 물건들을 어떻게 해야 할지.

이제 손안에 든 작은 휴대전화기 속에 수많은 정보가 들어 있고, 원한다면 무엇이든지 저장하고 시간, 장소 관계없이 언제든지 꺼내 볼 수 있고, 들을 수 있는 세상이다. 다가올 미래는 상상을 초월한 새로운 세상이 전개될 것이다. 각각의 기능을 가졌던 물건들이 하나의 작은 칩에 담겨 여러 기능을 해내고 있다.

사람과 사람과의 관계에서도 이리저리 얽힌 삶에 치어 가끔 우리를 거북하게 만든다. 잠시라도 평온한 상태에서 갈등 없는 삶을 추구하지만, 생각처럼 쉽지 않다. 좀 더 욕심을 덜어내고 단순한 삶에 마음을 두어야겠다.

아케아(AKEA)의 홈퍼니싱(FURNISHING) 기업이 추구하는

지상과제는 단순함과 실용성이라고 한다. 오랜 연구와 시행착오, 경험에 의해서 얻어낸 단순함의 미학일 것이다. 나에게 절실한 공감하는 구호이다.

시애틀은 안개에 젖어있고

새벽에 일어나 창밖을 내다본다. 호수 같은 바다 주위로 산들이 검은 실루엣을 드러내고 일부는 얼굴을 감추고 있다. 보랏빛 물안개는 수면 위로 나지막이 가라앉아 있다. 건너편 바다 해안 숲 사이로 집들이 드문드문 보이는데 창문에 걸린 한 점의 그림 같다.

시애틀 언덕에 있는 호텔 무라노이다. 지금은 하루의 시작을 위한 기도의 시간인 듯 산도 바다도 배들, 넓은 시가지, 좁은 골목도 침묵과 고요만이 존재하고 있는 듯하다.

룸메이트 K는 아직도 새벽잠에 빠져 있다. 곧 모닝콜(Morning Call)이 울리면 이십여 명의 인원이 동시에 움직여야 한다. 다섯 명의 선후배를 제외한 나머지 사람들은 이곳에서 처음 만난 골프 동호인들이다.

골프여행 이틀째인 오늘은 첫날인 어제와 달리 서먹했던 분위기가 한층 부드러워졌다. 오늘은 시애틀에서 20분 거리인 타코마에 있는 포트 루드로우 리조트(Port Ludlow Resort)에서 라운딩이 있다. 어제처럼 낮게 내려앉은 구름이 금방이라도 비를 뿌릴 것만 같더니 결국 비가 내리기 시작한다. 비옷을 준비해 갔지만 비 오는 날 운동한다는 건 썩 기분 좋은 일은 아니다.

리조트에 도착하는 동안 비는 그쳤고 적당히 구름 낀 날씨로 변했다. 어제의 뉴캐슬 지씨 코랄 크릭(New g.c. Coral Creek)의 유럽 성채 같은 고풍스러운 클럽하우스와는 달리 이곳은 보다 아담하고 소박하다. 낮은 구릉지를 따라 특색 있게 설계된 코스는 푸른 침엽수들이 양쪽으로 숲을 이루고 있는데 수많은 장정이 도열해 있는 듯 보기 좋다. 플레이 중에 잠깐씩 고개를 들어 언덕 위의 그림 같은 집들을 구경하는 것은 또 다른 매력이다.

이 지역은 비가 자주 내려서 크릭에 맑은 물이 흘러내려 와 골퍼들의 더워진 몸을 식혀주고 청량감을 느끼게 한다. 키 큰 침엽수 아래 잡목 사이에는 새까만 산딸기가 지천으로 달려 우리를 유혹한다. 아무도 손대지 않은 잘 익은 열매를 우리는 그냥 두고 갈 수 없다. 누군가 "복분자가 따로 있나. 실컷 먹었으니 물만 마시면 속에서 발효되어 복분자가 될 것"이라고 해서 한바탕 웃었다.

오늘의 하이라이트는 우리 썸에서 홀인원이 나왔다는 것이다. 평생에 한 번도 힘들다는 홀인원을 그녀는 올해로 두 번째라니 대단한 행운아다. 역사적인 현장을 그냥 지날 수 없다며 우리는 까맣게 딸기 낀 이를 드러내고 입술 꼬리를 한껏 치켜세우며 어린아이들처럼 웃으며 그녀와 사진을 찍었다.

나이가 들수록 마음을 나눌 친구 사귀기가 쉽지 않지만 같은 취미를 가지고 며칠을 함께 보내다 보니 낯선 사람도 오랜 친구인 양 가깝게 느껴진다. 전생에 육백 번의 생을 살아야만 이생에 인연이 될 수 있다니 쉽지 않은 만남이다.

게임이 끝나고 호텔로 돌아오는 길에 나뭇잎들이 어느새 노랗고 붉은 단풍으로 변해 있는 것을 알았다. 캐나다 국경지대인 타코마의 좁은 국도를 달린다. 문득 이민 초기에 밴쿠버에서 보냈던 생각이 났는데 겨우내 안개와 구름이 끼고 보슬비가 자주 내린 밴쿠버에서 얼마나 햇볕을 그리워했었던가. 그곳에서 긴 겨울이 보내고 일 년 내내 태양이 내리쬐는 캘리포니아로 옮겨 왔다.

골프여행 나흘간의 여정이 모두 끝났다. 타코마 네로우스 브릿지는 여전히 안개가 끼어있고 이 다리를 건너면 나의 집이 있고, 그곳에는 일상의 자잘한 일들이 나를 기다리고 있을 것이다.

여자의 우정에 대하여

얼마 전 종영된 TV 드라마 〈디어 마이 프렌즈〉를 재미있게 보았다. 6, 70대 전후의 시대를 배경으로 출연자들의 개성 있는 연기가 현실처럼 자연스럽게 돋보였다.

오랜 친구 사이인 그들은 희로애락을 같이하며 신뢰와 우정과 애증도 깊어간다. 서로에게 조금씩 상처 주기도 하고, 받기도 하고 화해하며 세월과 함께 늙어간다. 각자 주어진 삶의 무게를 어깨에 짊어지고 열심히 살아가면서 젊은 날 이루지 못한 꿈을 포기하지 않고 당당하게 도전해 나간다.

친구 중 누군가 어려움이 닥치면 밤중이나 새벽에도 망설임 없이 달려가 내 일처럼 돕는다. 친구의 어머니가 내 어머니이고, 친구의 어려움이 내 어려움처럼 살아가는 여자들만의 우정을 보여준다. 오랜 세월 동안 우정이라는 의미는 남자들의 전유물이었다. 여자의 우정은 개념 자체도 없었고 인정되지 않았던 경향이 있었다. 그런데 〈디어 마이 프렌즈〉에서처럼 여성들의 우정이 남자들 우정 못지않다.

친구와 술은 오래될수록 좋다는 말이 있다. 눈에서 보이지 않으면 마음에서도 멀어지는 것이 세상의 인심이지만 진정한 우정은 그동안 쌓인 믿음과 우정으로 오랜만에 만나더라도 거리감을 느끼지 못한다.

현대의 글로벌 시대에 자주 만나 우정을 나누기는 쉽지 않다. 우리는 어느 때보다 많은 것을 소통할 수 있는 시대에 살고 있다.

요즈음 새로운 풍속도도 생겨났다. 환경과 인식에 따라 우정의 성격도 달라진 것이다. 관계 맺음에서 비롯된 피로감을 호소하는 사람들이 늘어난다는 것이다. SNS의 사용자가 급속하게 늘어나면서 부작용도 생긴다. 신문 기사에 따르면 온라인 오프라인 구분 없이 폭이 넓어지는 반면 관계의 깊이가 얕다고 한다. 휴대전화에 입력된 번호는 모두 다르지만 평균 226.1명이라고 한다. 넓고 옅은 인맥으로 피로감과 허무감을 느낀다. 이렇게 의미 없는 관계는 오히려 부담감만 느끼게 된다. 외연이 넓어져도 속 터놓고 얘기할 수 있는 사람은 2~3명에 불과하다는 것이다. 친구와의 관계는 넓이가 아니라 깊이가 중요하다. 서로가 편하게 마음을 주고받을 수 있는 관계는 오랜 시간과 함께 신뢰에서 오는 믿음일 것이다

그동안 이런저런 관계로 사람을 만나고 어느 단체에 소속이 되기도 한다. 이제는 관계의 확장을 줄여나가고 현재의 우정을 돈독히 할 때이다. 언제까지나 활발하게 활동할 것 같은 생각만으로는 신체적 한계와 정신적 피로감이 따르기 때문이다.

〈디어 마이 프렌즈〉에서처럼 때로는 나보다 더 나를 잘 아는 친구들이 곁에 있어 이른 새벽에 전화하더라도 불평하지 않고 달려와 줄 수 있는 친구, 그의 아픔이 내 아픔이 되는 그런 친구가 내 곁에 몇 명이 있나 생각해 본다. 나이가 들수록 진정한 친구를 새로 만든다는 것은 쉽지 않다. 〈디어 마이 프렌즈〉 속의 그녀들의 우정이 부럽다. 그런 친구가 있다면 삶이 한층 더 풍요로울 것 같다.

눈물, 그 순전함

눈물은 순수하다. 가식이 없다

기도할 때 거짓으로 눈물 흘린 사람은 없다

눈물은 물기 있는 언어다

눈물은 말보다 더 많은 것을 전한다

눈물은 마음에서 곧바로 흘러나온다 ……

눈물은 바람의 언어다.

          −밥 소로기의 〈내 영이 마르지 않은 연습〉 중에서

98%가 물이라는 눈물은 참으로 신비하다. 너무 슬퍼도 너무 기뻐도 눈물을 흘리고 화가 나도 후회해도 감사해도 온갖 감정

의 끝에 눈물이 있다. 진실함, 절실함, 애절함, 간절함의 느낌에 닿아있을 때 눈물을 흘린다.

요즈음은 눈물 흘리는 사람도 보기 드물다. 눈물 흘릴 일이 없어서인지 아니면 감정이 무디어져서인지 모르겠다.

갓난아이들은 언어 대신 모든 의사 표시를 울음으로 대신한다. 조금 커서는 자기의 욕구가 충족되지 않을 때에 눈물로 표현하기도 하고 사춘기 때에 흘리는 까닭 모를 눈물은 순전히 여리고 풍성한 감상에서 오는 자기 연민에 대한 눈물이다. 그러나 그 눈물이 무엇 때문에 흘리는지 나이가 들어감에 조금씩 달라진다.

언제부터인지 나하고 전혀 상관없는 일, 상관없는 사람, 지구 반대쪽에서 일어나 일등에서도 뜬금없이 눈물이 난다.

얼마 전 아버지가 홀로 아들을 키우다 아이가 병이 들자 아들에게 장기를 떼어 주고 병실에 누워서 자기의 건강한 장기를 줄 수 있음에 감사하다는 신문 인터뷰 기사를 읽으면서 나도 모르게 눈물을 흘렸다.

며칠 전에도 TV에서 남아프리카 부시맨에 대한 다큐멘터리를 보았다. 오래전 〈부시맨〉이라는 영화에 등장했던 순박한 원

주민들이 사냥하면서 부족인들과 평화롭게 사는 덤불(bush) 속 사람들이 아님을 알았다. 지방정부의 강제 이주 정책에 정착촌으로 이주했던 부시맨들은 힘든 투쟁 끝에 다시 그들의 터전으로 돌아왔으나, 정부가 강제로 물 공급을 막아버렸다. 9개월의 긴 가뭄이 계속되는 기후 탓으로 그들은 목마름으로 말할 수 없는 고통에 시달리고 있었다. 물 한 컵을 배급받아 일주일을 버티는 산모는 젖이 나오지 않아 우는 아이를 어르고 있었다. 자기 자신보다 아이에게 먹일 것이 없어 안타까워하는 어미의 눈망울 속에 내 눈물도 겹친다.

이순이 지나면 자신도 모르는 사이에 모든 것이 조금씩 달라지는 모양이다. 젊은 날에는 나 자신을 위한 소망이나 고통 연민 등에서 눈물을 흘렸다면 나이 들어서는 타인에 대한 이해의 눈물임을 알게 된다. 모든 생명은 나와 연결되어 있다는 인식, 작은 것도 소중한, 쓸모없는 존재란 없다는 것을 깨닫게 된다.

황량한 사막에서 물 한 모금이 필요하듯 우리의 삶에서도 말라버린 감성에 윤활유가 될 눈물. 뒤돌아서 눈물 한 방울 뚝 떨어뜨리는 모습이 아름답다. 실컷 울고 난 다음에 오는 개운한 청량감도 정신건강에 좋을 것이다. 눈물은 삶의 향기다.

세상은 날마다 업그레이드

    오늘 아침, 뉴칼레도니아에서 주문이 들어왔다. 배송을 담당하는 케빈과 알베르토는 한참 동안 컴퓨터를 들여다보다가 그런 나라가 어디에 있느냐고 묻는다.

    우리 회사에서는 보통 웹사이트에서 주문이 들어오면 상호와 수량, 배송 방법 등과 함께 그 나라의 국기가 그려져 있다. 검은색 둥근 달 모양에 흰색 그림자가 살짝 보이는 듯한 국기는 구글 지도(GOOGLE MAP)에도 보이지 않는다고 한다. 많지도 않은 주문량을 포장하여 UPS로 계산을 해보니 물건값보다 배송료가 더 많다. 주문과 함께 크레디드 번호가 함께 오기 때문에 결제를 하고 보내기만 하면 되었지만, 전화를 해서 다시 확인했다.

비싼 운송료에도 물건을 받기를 원하는지 알고 싶었으나 연락이 되지 않는다. 3일 후에야 겨우 통화가 되었다. 괜찮으니 보내달라고 한다.

며칠 후, 지도에도 나오지 않는 나라라니 궁금했다. 최대한 지도를 확대해 주소를 입력하니 남태평양의 솔로몬과 피지 사이에 있는 아주 작은 섬나라였다.

가끔은 이렇게 생소한 국가들을 접할 때는 인터넷의 고마움을 절실히 느낀다. 주소만 입력하면 우리 물건을 팔고 있는 거리의 풍경과 상점의 크기라든지 간판의 모양까지도 볼 수 있는 세상이다.

일명 자바(JOBBER)시장이란 이곳은 다운타운의 산 페드로와 스탠퍼드 네 블록 사이에 1,700여 매장이 산재에 있는 홀세일 패션단지이다. 그 주변은 매장에서 팔 물건들을 생산하는 공장들이 들어 서 있다.

미국이나 남미에서 백화점이나 소매업을 하는 손님들이 주 고객이지만 패션의 본고장인 유럽은 물론 괌, 하와이, 베트남 일본 등 아시아 국가들, 남미 그리고 푸에르토리코 주변의 작은 섬나라까지도 자바 물건을 이용한다.

여러 나라에서 사람들이 모이다 보니 좋아하는 색상과 스타일도 다르다는 것을 알게 된다. 아프리카계는 대부분 원색에 가까운 색을 좋아한다. 색상을 보는 감각이 뛰어나고 생각보다 패션어블하다. 남미 사람들은 오픈 스타일에 밝은 색상을, 백인과 아시안들은 대부분 튀지 않고 단순한 디자인에 솔리드한 컬러를 좋아한다.

비즈니스 관계에서도 피부색과 인종을 떠나 자주 만나면 반갑다. 한 달에 두 번씩 오는 멕시코 뚱보 아줌마 마르타는 문밖에서부터 두 팔을 벌리고 그 큰 몸을 흔들며 매장으로 들어와 숨이 막힐 듯 나를 끌어안는다. 남편에게서조차 받아보지 못한 열렬하고 뜨거운 포옹이다.

언젠가는 아침 일찍 칠레에서 온 손님과 함께 커피를 나누었다. 서툰 스페니쉬와 영어를 섞어 이런저런 이야기를 하다가 "당신 나라에 노벨문학상을 탄 파블로 네루다의 시를 좋아한다."라고 했더니 눈이 동그래지며 자기도 그 작가의 사랑의 시를 좋아한다고 했다. 한 달에 두어 번씩 들르는 그는 칠레산 커피나 포도주를 두고 가기도 했다. 자주 만나면 어느 곳에서나 사람들은 서로 마음을 나누고 살게 되는가 보다.

이곳 풍경도 변화가 오기 시작했다. 아침부터 북적거리던 고객들이 매장을 찾는 발길이 줄어들기 시작하더니 올해는 온라인 주문이 더 많아졌다. 오래전부터 리테일 마켓 샵은 인터넷을 이용해 물건을 사는 일이 많아졌지만, 홀세일마켓까지 이렇게 빨리 변화가 올 줄은 몰랐다. 가만히 앉아서도 실시간 업데이트 되는 신상품을 전자 기술의 발달로 선명한 색상은 물론 옷감의 질과 바느질 상태까지 확대해서 볼 수 있고 즉시 주문을 할 수 있으니 비싼 경비를 들여서 매장까지 찾을 필요가 없어졌기 때문이다.

모바일의 혁명은 오랜 상거래의 전통을 순식간에 바꾸어 버렸다. 전자 시장은 세계가 동 시간대에 공유하며 지구 끝에 있어도 원하는 것을 쉽게 손에 넣을 수 있는 시대이다. 숨 막히게 돌아가는 속도 경쟁에서 뒤처지면 낙오자가 되는 세상이지만 아직도 나의 의식 수준은 아날로그에 머물러 있다.

서툰 랭귀지면 어떻고 완벽한 의사전달이 아니면 어떠랴. 정기적으로 오는 손님들을 만나면 반갑고 그동안의 안부를 주고 받거나 비즈니스의 흐름에 대해서도 이야기를 나눌 수 있어 좋다.

클릭 한 번으로 원하는 것을 원하는 장소까지 배달되는 편리함도 좋지만, 비록 언어가 다르고 국적이 다르더라도 사람과 사람끼리 자주 만나면 서로의 이해의 폭이 넓어지지 않을까.

인연과
우연

진정으로 오랜 시간 마음을 주고받으며
관계를 유지하는 친구는 그리 많지 않다.
그 인연을 소중하게 여기고
좋은 관계를 이어 나갈 때 지속할 일이다.
필연은 우연의 모습으로 만나 인연이 된다.
언제 보아도 좋은 사람,
늘 변함없는 사람을 만나는 행운은
귀한 인연이라고 할 수 있다.
그런 인연은
전생에 좋은 업을 쌓았을 때 가능하다고 한다.
- 본문 중에서

괜찮다, 다 괜찮다

남편과 30년을 살아오면서 집안의 크고 작은 일에 의견 충돌이 생길 때면 나는 먼저 시어머니께 고해바친다. 내 의견이 남편에게 받아들여지지 않거나 묵살 당했을 때는 더욱 그랬다.

어머니께 조언을 기대하거나 도움이 필요해서가 아니라 단지 내 이야기를 들어주시고 "그래. 그건 네 말이 맞다." 하시며 언제나 내 편이 되어 주기 때문이다. 내 생각이나 행동이 늘 옳아서가 아닐 거라는 걸 알고 있지만, 그렇게 진심으로 말씀해 주시면 신기하게도 남편에 대한 서운한 감정이나 미움이 마음속에 오래 남아 있지 않았다.

어머님은 이북에서 방앗간 집 둘째아들에게 시집을 오셔서 아들만 셋을 낳으셨다. 공산 치하에서 이제 막 살림에 재미를 알아갈 무렵 교직에 계셨던 남편이 먼저 남하하였다. 그 다음 해 1947년 시어른들과 두 아들을 데리고 남편을 찾아 남한으로 내려오셨다고 한다. 이미 공산당의 표적이 된 집안인데도 모든 것을 포기하고 남쪽으로 내려가기를 주저하며 결단을 내리지 못하는 시아버지께 어머니는 밤마다 찾아가 남편을 따라 남한으로 내려가자고 울며 간청했다고 한다.

안내원을 앞세우고 칠흑 같은 밤에 갓난애는 등에 업고 두 살 위 큰아이의 손을 잡고 험한 산길을 밤새도록 걸어서 삼엄한 경계선을 넘었다. 그동안 이 이야기를 여러 번 들어서인지 내가 전에 한 편의 영화를 보았는지 아니면 소설을 읽었는지 착각할 때가 있다.

남편을 찾아 막 살림살이를 들여놓고 살림이 안정되어 갈 무렵 삼 년 만에 육이오가 터져 정착했던 부평에서 또다시 남쪽으로 피난을 가야 했다. 피난을 가던 중에 바로 앞에서 포탄이 떨어지자 아비규환이 되어 공포에 떨고 있는 피난민들 사이에서 두 아들이 "엄마 죽지 마" 하고 소리쳐 정신을 차렸다고 한다. 그 생사의 갈림길에서 살아남았던 이야기들, 어려웠던 피난 생활, 전쟁이 잦아들자 부산에서 배를 타고 인천으로 돌아오는 길에 예정했던 이틀보다 일주일이 더 걸렸다. 먹을 것이 없어 아이들과 며칠을 굶었던 이야기 등 참으로 힘든 세월을 보내셨다.

그래서인지 우리가 이민을 결정하고 어머니께 여쭈었더니 "내가 이북에서 부모·형제 다 버리고 낯선 곳에서 이만큼 자리 잡고 살았는데 미국에선들 못 살겠느냐?. 걱정 마라." 하셨기에 좀 더 홀가분한 마음으로 고국을 떠나올 수 있었다. 그러나 노년에 낯선 이국 생활이 아무리 자식들과 함께한들 친구도 없는 타국에서 외롭지 않은 날이 없지 않았을 것이다. 가끔 집안에 문제가 생겼을 때 늘 하시는 말씀이 "괜찮다. 다 괜찮을 것이다" 라는 말씀을 하셨다. 어떨 때는 참 무심하시고 태평스럽다고 생각할 때도 있었다.

그랬다. 지나고 나면 어머님의 말씀대로 다 괜찮아졌다.

시어머니가 돌아가시고 난 후에도 무슨 일이 있을 때면 괜찮다, 다 괜찮을 것이다. 습관처럼 되뇐다.

나는 어디에서 · 1
– 할머니에 대한 그리움

  할머니, 가만히 속으로 불러보는 것만으로도 마음이 따뜻해
진다.

  할머니께서는 빈 껍질뿐인 이름만 남아 있던 최참판댁 가문
의 외아들에게 시집오셨다. 할아버지께서 세 살이 되었을 때
부모님이 돌아가시고 외톨이가 되었다. 조선 말기에 참판이란
벼슬을 가지신 증조할아버지는 무슨 일이었는지 전라남도 솔해
라는 바다가 마을로 귀양을 오셨다. 그러나 그 후 다시 본직으
로 돌아오라는 명(命)에도 경주 최씨로 고집이 세고 자존심이
강한 증조할아버지는 관직으로 돌아가지 아니하시자 많은 토지
와 가축들을 하사받고 솔해에 정착하셨다고 들었다. 첫아들인
할아버지가 세 살이 되었을 때 증조할아버지와 증조할머니께서

차례로 돌아가셨다. 근교에 친척도 없이 혼자 남겨진 할아버지를 집안일을 돕던 같은 성씨를 가진 사람이 나서서 친척이라며 재산과 함께 혼자 남겨진 어린아이를 맡게 되었다. 그 후 어린 아이를 앞세우고 집에서 키우던 많은 소를 끌고 논둑 길을 따라 마을을 떠나가던 그때의 광경을 동네 사람들에게 오랫동안 회자하였다. 그분들의 손에서 증조할아버지는 힘들게 자라셨다고 한다.

증조할아버지가 돌아가시자 처음 도착한 바닷가 솔해 마을에 안장했다. 지금은 할아버지 묘와 아버지 묘까지 바다가 내려다보이는 곳에 넓은 터를 잡고 잘 관리되어 있다

어릴 적, 명절에 어른들을 따라 성묘를 가면 마을 어른들이 최참판댁 자손들이 왔다고 나와서 아버지께 인사를 했던 기억이 있다.

지난해 고흥에 계시는 어머니를 방문했다가 솔해 언덕에 있는 선산을 오랜만에 찾아갔다. 어린 증조할아버지가 낯선 사람들의 손에 이끌려 떠나왔던 그 마을이었다. 지금은 바다가 보이는 양지바른 언덕에 자손들이 잘 가꾸어놓은 묘소에 편히 잠들어 있다.

나에게는 할아버지에 대한 기억은 서너 가지뿐이다. 어느 여름날 집 뒤에 있는 밭에서 수박을 따서 나에게 들여 주시고 할아버지는 밭 가에 심어진 몇 포기의 양귀비에서 하얀 액체를 받아 작은 대나무 통에 담아 함께 밭둑을 걸어왔던 기억이 있다. 동네 아이들이 배앓이를 하면 흰 액체가 굳어 까만색 덩어리가 된 것을 아주 조금씩 나누어 주셨다. 대문은 없었지만 높은 돌담으로 된 입구에서 텃밭 사이로 들어오는 반듯한 길 양쪽으로 여름마다 채송화가 흐드러지게 피어, 온 집안을 화사하게 했다

엄하셨다는 할아버지에 비해 할머니는 참으로 인자하신 분이셨다. 지금까지 살아오면서 그런 따뜻한 분은 만나지 못했다. 우리에겐 언제나 이름을 부르지 않고 늘 '아가'하고 불렀다. 맏딸인 나는 아래 동생들이 있어 엄마의 관심 순위로부터 밀려나 있어 온전히 할머니의 사랑으로 자랐다. 동생들도 할머니에 관한 이야기만 나오면 그칠 줄 모르는 추억담을 늘어놓는다. 친혈육이 없어 외롭게 자랐던 할아버지께서는 아들 욕심이 많으셨던지 첫아들인 나의 아버지를 두시고 그 아래로 딸을 다섯을 더 낳으셨다. 아들을 원하셨던 할아버지는 어느 날 밖에서 얻는 아들을 데리고 집으로 왔을 때 할머니는 사랑으로 거두었다.

철이 든 고모들은 싫어했지만 어린 고모들은 남자 동생이 생겨 좋아했다고 한다. 내가 여고에 다닐 때 그 삼촌이 소위가 되어 많은 편지를 나누었다.

할머니는 말이 없으시고 참으로 부지런해서 집안을 늘 깨끗하고 윤기 나게 했다. 수도 시설이 없었던 시절에 집 앞에 흐르는 시냇물에 빨래를 한 뒤에도 주변을 깨끗하게 치우셔서 누가 지나갔는지 사람들이 알 수 있었다고 한다. 지금 생각하면 어머니도 음식 솜씨가 좋았지만, 할머니도 좋으셨다. 할머니는 비싼 식재료도 아닌 나물 종류나 생선 등 해산물로도 맛있게 음식을 만드셨다.

아침마다 찬거리를 사러 저자에 나가시는 할머니는 넉넉하지 않은 형편에도 우리가 좋아하는 떡이나 호떡, 감 같은 군것질거리를 바구니 한 편에 사 오셔서 우리는 시장에서 돌아오시는 할머니를 아침마다 기다렸다.

어머니는 가끔 할머니가 인정이 많으셔서 이웃에게 너무 헤프시다고 혼잣말을 할 때도 있었지만 고부간에 얼굴 붉히는 것은 보지 못했다. 할머니가 돌아가시기 전 치매로 어머니를 힘들게 하셨지만 밉지 않았다고 했다.

지난여름, 한국에 갔을 때 어머니와 다섯 고모 가운데 살아계신 두 분의 고모와 그의 자녀들인 사촌들이 한자리에 모였다.

손아래 여동생이 은퇴 후, 편백나무 향이 은은히 퍼지는 푸른 숲속 언덕에 지어 놓은 따뜻한 온돌방에서 밤새도록 울며 웃으며 할머니에 대한 지난 추억을 나누었다.

나는 어디에서·2
- 외가 대한 기억

외갓집은 우리와 한마을에 있었다. 우리는 동네 안쪽에 살았고 외할아버지댁은 동네 한가운데 있었다. 내가 어릴 적 기억하는 외갓집은 왠지 모를 무거운 침묵이 집안을 가득 채우고 있었다. 늘 닫혀있는 커다란 대문 안에는 세 채의 집이 들어서 있었다. 대문과 이어진 바깥채에 가을에 거두어들인 곡식과 제사 때 쓸 과일들, 밤송이들을 땅속에 묻어 두었다. 굳게 닫힌 그 안을 볼 수 있는 날은 외가의 제삿날이나 명절뿐이었다.

지금도 생각나는 한 장면의 삽화이다. 그날이 무슨 날이었는지는 모르겠으나 어머니와 함께 외갓집에 갔다. 그런데 늘 잠겨있던 곳간 문을 활짝 열려 있었고 그 곳간 안에서 머슴들이 밤을 까고 있었다. 점심때가 지났는데 절의 스님들과 암자에서 일하는 장정들이 쌀로 만든 손바닥보다 더 큰 흰떡과 한과를 지게에 지고 절에서 내려왔다. 그 절은 어른들을 따라 몇 번 가보았던 운암산 절이다. 마당에 넓은 멍석을 깔고 무슨 제사를 치렀는데, 그 스님들이 사랑채에서 며칠을 더 머물다가 가셨다.

그 후에도 그 절에서는 어떤 때마다 한과와 칼로 자르지 않은 커다란 떡을 석작(대나무로 만든 사각형 바구니)에 담아 외갓집에 보내곤 했다.

초등학교 들어가기 전 동무들과 놀다가 외갓집을 지날 때면 외할머니를 보려고 안으로 들어가고 싶었지만 늘 닫혀있는 대문이 나에게는 너무나 높고 견고하게 느껴졌다. 가운데 본채에는 할머니와 숙모가 사용하셨고, 마루가 넓어 제사를 지내는 건너편 사랑채에는 외할아버지가 계셨다. 뒤란으로 돌아가면 머슴들이 밤에 새끼를 꼬며 기거하는 방이었다.

늘 흰 한복을 입고 검은 망으로 된 작은 모자를 쓰고 계신 할아버지가 계신 사랑채에는 찾아오는 손님들로 붐볐다. 할아버지의 친구분들과 시조를 읊고, 근동 사람들이 결혼하기 좋은 날(길일)을 잡아 달라고 찾아오고, 아기 이름을 지어달라고 찾아와서 한자와 한글로 된 이름을 받아 가곤 했다. 그런데 정작

아버지와 어머니의 첫아기로 태어난 내 이름은 두 분이 의논하셔서 지었다고 한다. 그래서인지 그 당시에 흔히 이름 끝에 희, 자, 숙, 혜 등이 붙지 않은 조금 생소한 이름이다.

외숙모는 그림에 나오는 미인도의 여인처럼 가름한 얼굴에 새까만 머리를 윤기 나게 빗어 넘기고 늘 비녀를 꽂고 한복을 입고 계셨다. 그런데 늘 속마음을 알 수 없는 무표정한 얼굴로 대청마루의 기둥 옆에 서서 집안에서 일하는 사람들을 감시라도 하는 듯 마당을 내려다보거나, 일본으로 유학 가서 돌아오지 않은 남편을 기다리기라도 하는 듯 대문 쪽을 바라보며 말없이 서 있었다. 심부름으로 외갓집을 들어가다가 표정 없는 외숙모와 눈이 마주치면 한 번도 말을 걸어오지 않은 외숙모가 불편하고 조심스러웠다.

외할머니는 오히려 바쁘게 이것저것 거두시고 마당에서 일하는 사람들에게 일을 시키거나 당부를 했다.

외가에 대한 또 다른 삽화이다. 그날, 어머니의 심부름으로 대문 안으로 들어섰는데 늘 마루에 서 있던 외숙모는 보이지 않고 사랑채에서 밖을 내다보고 계시던 외할아버지가 나에게 빨리 들어오라고 손짓을 하셨다. 영문도 모르고 방으로 들어가는 나에게 벽장에서 한과와 곶감을 꺼내서 먹으라고 하셨다.

한동네에 살아도 나는 외갓집에서 잠을 잔 기억이 거의 없다. 초등학교에 들어가기 전 어느 여름날 어떤 일로 외할머니댁에서 잠을 자고 아침에 일어나 마당으로 나갔다. 외가의 친척 중 형편이 어려워 학교도 다니지 못하고, 외갓집에서 잔심부름하는 두 명의 남자애들이 새벽 일찍 나가 산에서 햇풀을 베어왔다. 지게 옆에 진달래를 한 묶음 달고 와서 나에게 건네주었다. 그 다음 날에도 깨금(개암)이라는 콩 같은 열매를 먹을 수 있는 거라며 지게 위에서 꺼내 주었다. 그때 그 오빠들은 지금은 어디에서 무엇을 하는지 알 수 없지만 갑자기 생각이 난다.

도시에서 대학을 다니던 외숙모의 큰아들인 오빠가 방학 때 내려왔다. 큰오빠는 도시로 공부하러 가기 전 어른들의 중매로 결혼식을 했고 두 딸을 낳았다. 집안이 좋다고 어른들이 정해준 언니는 늘 웃는 얼굴로 우리에게도 다정하게 말하며 군것질 거리를 내다 주곤 했다.

어느 여름날 밤, 방학이 되어 내려온 오빠가 사랑채 마루에서 축음기를 틀어놓고 처음 들어 본 노래를 들려주었다. 오빠는 그때 이미 학교에서 새 여자를 만나고 있었던 것 같았다. 오빠는 졸업 후 본가에서 나와 선산에 혼자 들어가 집을 짓고 어른들과의 2년의 투쟁 끝에 도회 여자와 결혼을 하고 직장에 들어갔다.

집안 어른들의 중매로 숙모와 혼인하여 아들 둘을 두고 일본으로 유학 가신 외삼촌은 공부를 마치고 돌아오지 않았다. 어른들의 요구로 일찍 결혼한 아내에게 정이 없으셨는지도 모른다. 아니면 숙모와의 메울 수 없는 어떤 갭이 있었는지 모른다. 내가 초등학교에 막 들어간 후였다. 딱 한 번, 외삼촌이 일본에서 나오셨다. 아직 어린 나에게 외삼촌은 과자 종류와 살이 훤히 비치는 처음 보는 스타킹을 주셨다. 그 후로 일본에서 가정을 이루고 돌아오지 않았다.

지금은 외숙모도 큰오빠도 다 돌아가시고 대문 안에 있던 세 채의 집들도 타지에 사는 외할아버지의 증손자들이 다 허물어 버렸다, 그 터에 블루베리를 심어 관리인에게 맡겨 놓고 가끔 도시에서 내려와 둘러보고 간다는 소식을 들었을 때 세월의 무상함을 느낀다.

지난해 어머니를 방문했을 때 걸어서 갈 수 있는 외갓집이 어떻게 변해 있는지 보고 싶었지만 외갓집을 가까이 와서도 마을 외곽만 돌다가 왔다.

노년의 삶에 대하여

　한참 감수성이 예민한 나이일 때, 치매에 걸려 안방에 누워
계신 할머니는 집안 분위기를 무겁게 하였다. 하루에도 기저귀
와 이부자리를 몇 번씩 갈아드려야 했다. 추운 겨울날에도 얼음
을 깨고 맨손으로 빨래를 하시는 어머니가 안쓰럽게 느껴졌다.
지금처럼 세탁기나 고무장갑이 있었으면 겨울에도 그렇게 힘들
지 않았을 것이다.

　건강하실 때는 할머니는 음식 솜씨도 좋을 뿐 아니라 부지런
하고 깔끔해 주위가 항상 깨끗했다. 맏딸인 나는 손아래 동생들
이 있어 엄마의 우선순위에서 한참을 밀려나 있었다. 그 빈자리
를 할머니의 사랑으로 온전히 채워졌다. 우리의 이름을 한 번도

부르지 않고 "아가"하고 부르셨던 다정하고 따뜻한 분이셨다.

그런 할머니가 치매에 걸린 후 너무나 달라진 모습이 놀라웠다. 정신이 희미해진 할머니가 밤이면 당신의 며느리에게 "엄마 엄마!" 부르며 업어달라고 하셨다. 친정어머니는 할머니를 업고 자장자장 하며 마당을 몇 바퀴 돌다 보면 이내 잠이 들곤 했다.

할머니가 돌아가신 후 얼마 동안 내 마음에 죽음에 관한 생각이 떠나지 않았다. 오래 산다는 것이 축복이 아닌 것을 알게 되었다. 건강할 때 아무리 품위와 인격을 갖춘 사람이라도 늙고 병들면 자존심마저도 지킬 수 없다는 것도 너무 일찍 알았다.

이제 의학의 발달로 100세 시대가 된다는데 건강이 뒷받침되지 않는 삶은 재앙일지도 모른다. 그것에 대해서 누구라도 자유로울 수 없다. 노년 인구가 많아지면 가족에게나 국가에도 엄청난 부담이 될 것이다. 벌써 전 세계의 연금 체계가 붕괴되고 생활 수준도 떨어뜨리는 노인 쓰나미가 몰려올 것이라고 걱정들을 한다. 늙어감은 아무도 피해갈 수 없는 자연스러운 일임에도 무의식중에 내 늙음을 인정하고 싶지 않은 것인지 진지하게 노년의 계획을 세우지 않고 있다. 베이비붐 세대 한 사람으로서 어떻게 나의 노년을 보내야 할지 지금부터라도 심각하게 생각해 보지 않을 수 없다.

시간은 우리를 기다려 주지 않고 이미 때는 와 있기에 숙제를 밀어놓은 마음이다. 이제는 내 남은 시간을 한 번쯤 깊이 생각하며 어떠한 삶을 사는 것이 보다 나은 노년의 모습일까 생각해 보아야 할 때다

내 주위의 노년에 있는 사람들을 천천히 둘러본다. 대부분의 우리 부모님이 그러했듯이 당신 자신을 위한 진정한 삶이 아니라 자식의 안위만 걱정하며 내 어머니처럼 끝까지 희생적인 삶을 살았다. 또는 평생 너희들을 위해서 살았는데 너희들은 나를 위해 마음을 쓰지 않는다고 배신감을 느끼며 자식들만 바라보고 매달려 사는 사람들도 보게 된다.

최근에 만난 사람 중에 한 분은 나이가 칠순의 중반이지만 젊은이 못지않게 새로운 것에 대한 호기심으로 디지털 기기들을 자유자재로 다루는가 하면 새로 나온 스마트폰의 복잡한 기능도 손에 익혀 쉽게 다룬다. 젊은 날에 하지 못했던 취미생활로 악기를 다루고 운동을 하며 시간의 자유로움을 즐긴다.

불편하지 않을 정도의 경제적 여유로 자식들을 포함에 젊은

사람들 앞에서 그가 먼저 지갑을 꺼낸다. 남의 허물과 실수에 조금은 관대하고 그가 말하는 대신 상대방의 말을 많이 들어준다. 몸과 마음이 평소의 건강한 생활 습관에서 배어 나온 자연스러운 품위를 느끼게 한다. 깔끔한 옷차림, 긍정적인 마인드와 밝은 표정을 보게 된다.

여기에 건강이 허락하여 보다 독립적인 삶이라면 노년의 삶이라도 아름답게 느껴질 것이다.

≪파이널사인≫을 읽고

나는 현금을 좋아한다. 크레디드카드가 있어도 얼마간의 지폐가 없으면 불안하다. 누구는 구세대의 습관이라고 말한다. 마켓에서 작은 물건을 구입할 때 종이 지폐의 감촉을 느끼며 물건값을 지불하며 즐거움을 누리길 좋아한다. 그런데 이 나만의 기쁨은 곧 옛날이야기가 될 것이다.

지금은 현금이 없어도 카드 한 장이면 모든 것이 해결된다. 거스름돈도 없고 수표도 없는 세상이 이미 우리가 생활 속에서 경험하는 현실이 되었다. 지난 3주간 10여 개국 유럽 여행을 다니면서 느낀 확실한 것은 정말 어느 곳에 가도 언제 쓸지도 모른 나라마다 다른 거스름돈도 없이 깔끔한 결제가 이루어졌다.

지금, 전 세계에서 유통되는 돈의 10%만 실제 화폐로 사용되고 있다고 한다. 실제로 G20 회의를 통해 종이 없는 사회로 가기 위해 정보통합 준비를 하고 있다. 현재 사용하고 있는 실물화폐는 우리에게 익명성을 보장해 현금 사용의 자유를 보장한다.

그러나 날마다 진보하는 세상의 편리한 기술은 요즈음 대부분의 결제를 신용카드와 온라인 결제, 인터넷 뱅킹 등으로 대체하도록 만들어졌다. 핸드폰에 USIM 칩을 통해 전자 결제를 할 수 있는 편리한 시대를 만들었다. 이미 우리가 생활 속에서 경험하고 있는 현실이다, 하지만 기술의 진보는 여기서 그치지 않고 세상의 모든 사람들 각각에 번호가 부여되고 이 번호는 손목이나 이마에 생체칩 형태로 삽입될 거라고 한다. 미국 사회에서는 취업하기 위해 회사가 신용카드 사용명세서에 대한 동의서를 받는 곳도 많이 있다. 정부는 언제든 마음만 먹으면 개인의 자금흐름을 확인할 수 있다.

종이 화폐를 만듦으로써 발생하는 환경오염과 국가적 예산 낭비 등을 부각시킴으로 여론의 방향을 조정하고 있다. 사람들은 자연스럽게 지갑과 핸드폰을 들고 다니는 편리함에서 핸드폰만 들고 다니는 데 익숙해질 것이다. 하지만 곧 핸드폰 분실로 인한 위험성을 삶 속에서 느끼게 될 것이다. 신용카드의 개념은 지금 이 시각에도 전 세계를 하나로 묶고 있는 위험한 데이터베이스 시스템으로 점점 커져만 가고 있다. 이런 기능은 미래를 위한 자연스러운 진보의 과정으로 받아들여야 할 시대가 곧 도래할 것만 같다.

그런데 이 생체칩이 짐승의 표적인가? 이 생체칩은 베리 칩이다. 이 칩은 쌀 한 알만한 캡슐에 넣어서 인체에 삽입하는데 신체용과 동물용으로 구분하여 시범적으로 동물들에 삽입하여 효과가 검증되었다. 세계의 많은 국가가 자국 내 동물들에게 이 생체칩을 의무화하고 있다. 몇 번 집 밖을 벗어난 동물들에 생체칩을 주입하였다.

각각의 동물들에 각각의 바코드를 부여해 얻는 정보를 수의사회 마이크로칩 데이터뱅크로 모은다. 이 정보들은 국제적으로 연동되어 동물을 국외 반출할 경우 칩을 받은 동물만이 반출 허가를 받을 수 있다. 전자신분증도 그 기본데이터를 통합하기 위한 전자신분증 발급으로 전자주민등록증을 발급했다.

현금이 없고 거스름돈도 없고 수표도 없는 세상이 이미 우리가 생활 속에서 경험하고 있는 현실이지만 기술의 진보는 여기서 그치지 않고 세상의 모든 사람 각각에 번호가 부여되고 이 번호는 손목이나 이마에 생체 칩의 형태로 삽입된다. 누군가가 신세계 질서의 단일정부에 의해 적으로 지명되는 경우, 정부는 중앙컴퓨터에서 당신의 ID를 삭제한다면 당신의 모든 생활 능력을 상실할 수 있다

지금, 이 시각에도 전 세계를 하나로 묶고 있는 위험천만한 데이터베이스 시스템의 실용성이 점점 커져만 가고 있다

결국 이 칩을 받지 않은 시민은 어떠한 것도 구매할 수 없고 일을 할 수도 없으며 여행을 할 수도 없는 시대가 도래하고 있다. 이제 더 이상 논쟁의 대상이 아닌 시대에 살고 있다.

데이비드 차가 쓴 ≪파이널사인≫을 읽은 후 다가올 세상에 사람들은 이미 익숙해 가고 있지만, 공포감마저 느끼게 된다.

세상에서 가장 소중한 생일선물

생일선물로 이미 여행을 다녀왔기에 이번 생일날은 그냥 조용히 지내려고 했다. 언제부터인지 내 생일은 내 마음과는 달리 아이들의 뜻에 따르게 되었다.

여름철이라 밖에서 바비큐를 하고 몇 가지 잘하는 음식은 전적으로 사위의 몫이다. 사위가 노동절 휴가 때 필리핀 선교를 다녀왔는데 다음 날부터 출근했기에 아직 피곤이 풀리지 않은 게 마음이 걸렸다. 그 외의 것은 딸의 친구 세 커플이 해마다 맡아서 한다. 동생들, 남편 친구 부부, 이웃집 사람들이 참석했다.

음식 냄새가 집안에 퍼지고 직장에서 늦게 돌아온 아들 내외가 쌍둥이인 두 손자를 데리고 도착하면 본격적인 파티는 시작된다. 다음 달이면 두 살이 되는 쌍둥이의 재롱으로 웃음꽃을 피우면 어른들은 두 아이에게 집중된다.

그런데 아무 무리에도 끼지 못하는 한 사람이 있다. 딸의 하나뿐인 8살짜리 손녀다. 사촌동생인 쌍둥이 이삭과 이안하고 어울리기엔 아직 말이 통하지 않고, 어른들과도 어울릴 수도 없다. 그래도 늘 혼자 잘 논다. 손녀는 음식 만들기를 좋아해서 아까부터 무언가 만들고 있다. 언뜻 보니 뜰에 나가 레몬을 한 봉지 따와 주스기기에 즙을 짜고 있다. 늘 무언가를 만들고 있으니 아무도 묻지도 않고 대수롭지 않게 생각한다.

나중에 보니 작은 상자 위에 빨대가 꽂힌 레몬주스가 든 컵들이 주르르 놓여있다. 상자 위엔 사인이 붙어있다.

'cash only $1'

기발한 아이디어에 모두 웃음보를 터트리며 기꺼이 $1을 내고 맛을 보았다. 방금 따온 레몬주스에 꿀과 물을 넣어 상큼하고 달큰한 맛이 어느 음료보다 신선하다. 손녀는 가끔 우유 위에 계핏가루를 뿌려 모양을 낸다거나 치즈와 우유를 섞어 정체불명의 엉뚱한 음식을 만들어 우리에게 시식하기를 권하기도 한다.

그 애는 혼자 노는 방법은 안다. 불을 사용하지 않아도 되는 재료들로 먹고 마실 수 있는 것들을 만들어 내기도 하고 시끄러운 가운데서도 한군데 앉아 오랫동안 책을 읽기도 한다. 한글책을 제법 읽지만 쓰는 것은 맞춤법이 서툴다. 지금까지 읽은 책들이 벽 한 면을 가득 채우고 있다.

손님들이 돌아가고 나서 손녀는 빈 티슈 상자에 종이를 붙이고 리본을 맨 상자를 생일선물이라며 나에게 내민다.

별이 그려진 밑그림 위에

** 할머니, 생일추카해요. 이 섬물은요 special 해요**.
Coupon을 쓰면 그것을 할거예요. 사랑해요. 할머니. 건강하고 오래오래 사라요. Love Ellie.

상자 속에 손을 넣자 편지와 함께 free coupon이라고 쓰인 봉투 안에 10장의 쿠폰이 나온다.

back massage, I hug of Joy. No more mess, kisses for life, take care of Rax, no phone 1 hour, laundry, cook you something, dishes.

   편지와 쿠폰을 펼쳐놓고 한동안 들여다본다. 오늘 받은 선물 가운데 이보다 더 귀한 것이 있을까? 눈물인지 기쁨인지 가슴을 따뜻하게 채운다.

재즈의 도시, 뉴올리언스

하늘에서 내려다본 뉴올리언스(New Orleans)는 물 위에 떠 있는 도시 같았다. 태평양 바다와 맞닿은 미시시피강물 위에 군데군데 초록 숲을 이룬 작은 섬들이 뉴올리언스 도시를 감싸고 있는 형상이었다.

이번 여행은 미 중부의 문학테마여행으로 나는 출발하기 전부터 마지막 목적지인 뉴올리언스에 마음이 쏠려 있었다. 이곳은 미국에서 가장 미국답지 않은 그러나 가장 재미있는 곳이라고 들어서다.

여행 첫날은 시카고대학과 박물관, 다운타운의 다양하고 현대적인 건축물 관광이었다. 내 눈길을 사로잡은 건 시카고 밀레

니엄 파크에 있는 스테인리스로 된 콩 모양의 100t이 넘는 거대한 야외 조각품이다. 조각으로 이어진 이음새를 수작업하여 콩 모양을 완성한 조각품이 유리처럼 반짝인다. 수많은 스테인리스 거울 면에는 다양한 모습을 담고 있었다. 이 외에도 광장에는 설치된 현대적인 많은 조각품을 관람하느라 시간 가는 줄 몰랐다.

시카고 남서쪽 서버브 오크 팍(Oak Park)에서 헤밍웨이 생가와 박물관, 링컨하우스를 거쳐 마크 트웨인의 유적지 한니발(Hannibal)에 들렀다. 미국 최고의 위스키 공장 짐빔(Jim beam)을 견학한 후 멤피스(Memphis)에 있는 마틴 루터 킹 목사가 총격을 받고 생을 마감한 로레인 모텔(Loraaine Motel)을 방문했다. 인간의 존엄성과 인종차별 철폐 운동을 해온 그의 발자취를 둘러보며 피부색으로 인한 편견과 불평등이 지금도 여전히 존재한다는 안타까움을 다시 한번 느꼈다.

전설의 록 가수 엘비스 프레슬리의 생가와·박물관이 있는 테네시주의 그레이스랜드(Graceland, Tenn-essee)는 오후에야 도착하였다. 1977년 42세로 생을 마감한 엘비스 프레슬리의 생가에 있는 박물관을 둘러보기 위해 지금도 수많은 사람이 세

계 각지에서 찾아온다. 시내에 있는 광장에는 엘비스의 특별관
이 설치되어 있어 활동했던 시기의 사진과 각종 기념품을 사려
고 관광객이 줄을 서서 기다린다.

계획했던 목적지를 찾아가는 이동 시간이 너무 길어 한곳에
서 오래 머물러 둘러볼 수 없다는 것이 아쉬웠다. 오후에 포크
너의 대부분 작품의 모델이 되었던 가상의 마을인 요크나 파투
파(Yoknapatawpha County)로 이동했다. 평생을 살았던 제퍼슨
읍(Jefferson Town)은 작품 속에 있는 마을로 조성되어 글을 쓰
는 전 세계 작가들이 한 번쯤 둘러보는 관광지가 되었다.

한 번의 노벨상과 두 번의 퓰리처상을 받은 윌리엄 포크너
(William Faulkner)의 생가와 묘지 등을 방문하였다. 38세에 옥
스퍼드에 거대한 고택을 사서 로원 오크(Rowan Oak)라 이름을
붙이고 그곳에서 많은 작품을 썼다. 현재 포크너 하우스로 사용
중이고 하루에도 수많은 사람이 긴 줄을 서서 기다리고 있다.
숨 돌릴 틈도 없이 투팔로(Topelof)를 이동하여 엘비스 프레슬
리(Elvis Pressley)박물관과 생가를 잠깐 거쳐 뉴 알바니로 향했
다.

윙세테 호텔(Wingsate Hotel)에서 나흘째 밤을 보내고, 다음

날 아침 일찍 테네시 윌리엄스(Tennessee Williams) 생가가 있는 콜럼버스(Columbus)를 떠나 뉴올리언스로 가기 위해 서둘러 버스를 탔다.

창밖에 비치는 풍경은 눈이 시리도록 짙푸른 숲과 바다가 끝없이 펼쳐져 가도 가도 넓은 녹색 땅이다. 나무와 잔디의 빛깔이 엘에이의 그것과 달리 더 싱그럽고 짙은 초록빛을 띠고 있다. 아직도 개척하지 않은 미국의 땅이 얼마나 넓은지 상상할 수 없었다. 왜 이렇게 개발하지 않고 빈 땅으로 두느냐고 가이드에게 물었더니 다음 세대를 위해서 남겨둔 것이라고 한다. 아시아의 동쪽 끝에 붙어있는 작은 내 나라를 생각하며 참으로 부러운 마음이 들었다.

일정이 넉넉지 않은 우리는 관광의 중심지인 잭슨 스퀘어에 내린다. 광장에 서 있는 루이암스트롱 아치는 재즈의 고장을 알리는 상징답게 그 규모가 대단히 크다. 정면에 웅장한 세인트루이스의 성당이 아름답고 정교한 스테인드글라스로 장식되어 방문객을 맞이한다. 누구나 자유롭게 성당 내부를 관람할 수 있다. 세인트 엔토니 정원이 성당과 조화를 이루고 있다. 광장에 재즈를 연주하는 뮤지션들이 그룹으로 모여 관광객의 흥을

돈운다. 거리의 화가들이 자기가 그린 그림을 세워놓고 팔기도 하고 즉석에서 초상화를 그려주기도 한다. 이름 때문인지 프랑스적인 분위기가 많이 풍길 것으로 생각했는데 스페인 통치 시대에 발생한 두 번의 화제로 많은 건물이 소실되어서 지금은 스페인풍의 건물이 많았다.

미시시피강 쪽에 대부분 볼거리가 몰려 있어 걸어 다니며 구경하기에 무리가 없다. 계획도시답게 가로세로 길이 바둑판처럼 반듯하고 비교적 깨끗하게 정리된 느낌이다. 스트릿 카를 타고 관광객이 많은 프렌치 쿼터로 이동한다. 재즈의 발생지답게 낮에도 길거리 여기저기서 흥겨운 재즈 음악이 여행객의 마음을 설레게 한다. 미국에서 유일하게 24시간 문을 열고 알코올을 팔 수 있는 두 도시 중 하나다.

재즈는 미국의 민속 음악이지만, 남북전쟁(1868-1865)이 끝나고 군대에서 쓰던 악기를 매각하여 시중에 보급되기 시작한 후부터였다. 악기 편성은 취주악기가 주류를 이루어 재즈의 특징으로 정착했다. 재즈가 세계적인 음악의 한 장르로 인정받는 시기는 흑인들이 찬송가를 연가 형식으로 연주하기 시작한 19~20세기 사이였다.

프랑스인과 흑인 노예의 혼혈인인 크레올(Creole)이 참가하여 만든 악단이 많이 생기기 시작할 때부터였다. 크레올과 흑인들은 길거리나 공원, 결혼식, 장례식, 피크닉, 카니발 등에서 많이 연주되었다. 1900년 이후에는 댄스홀이나 술집에서 성행하기 시작하여 미 전역으로 퍼지는 계기가 되었다. 재즈는 즉흥적인 연주가 가능해 분위기에 따라 자유롭게 연주된다.

골목이 많은 프렌치 쿼터에는 작은 바와 레스토랑이 주를 이룬다. 이곳의 정식 명은 뷰 카레(Vieux Sarre)이다. 길을 걷다 경쾌한 라이브 재즈가 흘러나와 열어놓은 문 사이로 들여다본 내부는 세월의 흔적이 배어있는 듯 대부분 화려하지도 현대적인 장식도 보이지 않았다.

버번 스트리트를 지나다 보니 산뜻한 레스토랑, 멋진 호텔, 패션의류점들이 들어서 있어 눈요기할 것이 많았다. 케널 스트리트를 구경하는 도중 제법 굵은 비가 쏟아졌다. 좀처럼 비가 오지 않는 엘에이에서 온 우리 일행은 비를 맞으면서도 싫지 않은 표정이다.

비가 계속 쏟아지고 적당히 배가 고프기 시작한다. 점심을 먹기 위해 예약된 식당 앞에서 비를 맞으며 긴 줄에 서서 한참을 기다리는데 사람들은 당연하다는 듯 별다른 불평 없이 묵묵히 기다린다. 뉴올리언스에서 꼭 먹어야 할 요리는 검보와 굴 같은 해산물 음식(Sea Food)이다. 'Creole cuisine, Gumbo shop'이 란 간판이 눈에 많이 띄었다.

남부 루이지애나에서 많이 먹는 검보는 스튜와 수프의 중간 쯤 되는 음식이고 햄버거는 크고 푸짐하다. 우리가 주문한 검보 는 해산물과 콩이 많이 들어가 걸쭉했다. 게, 새우, 바닷가재 등의 해산물에 토마토 푸레나 콩이 들어간 다양한 종류가 있다. 점심을 먹고 프렌치 쿼터(French Quarter) 아래쪽으로 내려갔 다. 포크너 하우스 북을 지나칠 수 없다. 골목길에 3층으로 된 건물 아래층에 좁은 면적의 서점(Book House)이 자리하고 있 다. 입장객은 많지 않았지만, 서가에 많은 책이 꽂혀있다. 서점 이층 레이스 모양의 철제 의자에는 작고 귀여운 꽃들이 피어 아래층까지 늘어져 있다. 이곳에 앉아 차를 마시며 포크너의 작품을 읽는 상상을 해본다.

프렌치 쿼터 위쪽 버번(Bourbon) 거리에는 멋진 건물과 떠들 썩한 바와 상가들이 모여 있다. 오밀조밀한 볼거리들이 많았다. 여전히 비는 오락가락 뿌리는데 마치 카니발 행사에서나 볼 수 있는 광대들과 악사들이 요란한 분장을 하고 거리를 행진한다. 관광객에게 우스꽝스러운 제스처를 하며 말을 걸어와 웃음을 자아내기도 한다. 도시가 완전히 축제 분위기다.

우리의 마지막 밤은 프렌치 쿼터에 있는 근사한 라이브 재즈가 있는 레스토랑이다. 구운 굴 요리와 포도주 한 잔씩을 곁들인 만찬과 함께 뉴올리언스의 밤도 저물어 간다. 내일이면 재즈의 대가 루이 암스트롱 이름을 단 국제공항을 통해서 재즈의 도시 뉴올리언스를 떠날 것이다.

하와이블루

와이키키 해변에 발을 담그고서야 집을 떠나왔다는 걸 실감한다. 물빛이 맑고 투명한 푸른색이다. 지평선에서는 어디가 하늘이고 어디가 바다인지 구별할 수 없다. 살갗에 닿는 보드라운 흰 모래는 파도에 따라 저 멀리 밀려갔다 다시 제자리로 돌아오면서 내 몸을 간지럽힌다. 여기 해변의 이 많은 모래를 호주에서 공수해 왔다는 것이 믿어지지 않는다.

바닷물에 몸을 담근 지가 언제였던가. 오랜만에 입어보는 수영복이 어색하여 몸짓이 자꾸 움츠러든다. 다행인 것은 그날은 와이키키 해면에 젊은 사람들보다 나이 든 사람이 더 많이 있었다. 남녀노소 할 것 없이 파도의 율동에 자연스레 몸을 맡기고 즐거워하는 모습이 마치 어린아이들이 된 듯 덩달아 기분이 좋아진다.

완만하게 굴곡진 와이키키 해변을 따라 달리다 보면 파도가 높은 곳엔 젊은이들이 많이 모여 있다. 파고가 높을수록 스노쿨링하기에 더 좋은 조건인가 보다. 하와이가 고향인 오바마 대통령도 이 샌드 비치(sand beach) 포인터에서 젊은 날 서핑을 즐겼다고 한다. 하와이는 130개의 섬이 있지만, 사람이 들어갈 수 있는 곳은 6개다.

그중의 한 곳인 쿠알루이 렌치는 계곡과 열대 우림으로 오하우섬 북동쪽에 자리 잡고 있는 소 방목장이다. 화산 폭발로 형성된 계곡 안에는 수많은 꽃과 숲이 어울려 원시림을 이루고 있다. 〈쥐라기 공원〉〈첫 키스만 50번째〉〈진주만〉 등 많은 영화 촬영지이기도 하다.

카이와이 섬을 지날 때 넓은 파인애플 농장이 펼쳐져 있다. 전에는 목화밭이었을 이곳에 우리 선조들의 땀과 눈물, 애환이 스며있는 곳이어서 마음이 숙연해진다. 나라를 잃고 고단한 시기에 대한제국을 뒤로하고 낯선 땅, 열악한 환경에서 피땀을 흘리며 노동을 하여 모은 돈을 조국 광복을 위해 독립자금을 보냈다.

　하와이 이민은 디아스포라의 시작이라고 할 수 있다. 개척자로서 후손들에게 길을 열어 주었고 정치적 프런티어의 본거지가 되었다. 디아스포라는 히브리어로 유배라는 뜻도 있다니 고국과 멀리 떨어진 섬나라, 사탕수수밭에서 하루 열 시간이 넘게 고된 노동은 유배와 다르지 않았을 것이다. 이제는 드넓은 사탕수수밭 대신 수익성이 좋은 커피나무나 파인애플 농장으로 바뀌어 있다.

　원주민의 생활상을 엿볼 수 있는 폴리네시안 민속박물관은 관광 명소로 빼놓을 수 없는 곳이다. 그동안의 일정에서는 새로운 것을 보고 자연의 아름다움과 신비한 경관들을 구경했다면 폴리네시안 민속박물관에서는 그들의 역사를 배우고 직접 참여하여 함께 즐기는 곳이다.

　민속박물관 안에는 42에이커의 광대한 부지에 남태평양의 7대 섬(사모아, 뉴질랜드, 피지, 말퀴스, 타이트, 통가, 하와이)의 특징을 생생하게 복원시켜 놓았다. 이곳은 모르몬교가 운영하는 브리검영대학의 하와이 캠퍼스에서 운영하는 비영리단체다. 수익금은 이 대학의 장학금과 폴리네시안 문화를 발전, 계

승시키는 데 쓰인다.

이 대학에는 한국 유학생들도 있어 그들로부터 자세한 설명과 안내를 받을 수 있었다. 특히 카누에서 30분간 이어지는 쇼(canoe pageant)는 각 섬의 전통적인 춤과 노래로 생동감 있게 펼쳐지고 있다. 그 밖에도 사모안 춤, 홀라 춤을 실제로 배우고 함께 참여하는 시간이다.

하루의 일정이 끝나고 모래 위 노천카페에 앉아 오렌지색 불빛이 출렁이는 밤바다를 바라본다. 세 명의 젊은이가 번갈아 연주하는 라이브 재즈에 흠뻑 젖는다. 같이 온 일행들은 저마다 일상의 번잡한 일들을 잠시 내려놓고 재즈의 음률에 몸과 마음을 맡기고 가벼운 농담을 나눈다.

하와이의 푸른 바다 빛과 흰 모래를 닮은 '하와이블루' 칵테일은 어찌 그리 혀끝을 자극하여 여행객의 감성을 무장해제 시키는지. 알코올을 좋아하지 않는 친구들도 그 빛깔과 모양에 반해 맛을 보지 않을 수 없다.

바다는 천의 얼굴을 가지고 우리를 유혹한다. 다시 가보고 싶은 그리움의 대상이다.

그랜드캐니언을 다시 보다

호연지기를 느끼고 싶은 이는 그랜드캐니언 앞에 서보라. 아무리 오만한 인간이라도, 사람이 만든 아무리 대단한 건축물이라 해도 대자연의 위대함에 압도되어 침묵하게 될 것이다. 눈앞으로 펼쳐지는 그랜드캐니언의 광대함과 경이로움에 한동안 호흡을 가다듬는다.

캐니언의 규모와 협곡의 모양, 신비롭도록 아름다운 암반의 색상에 경외감을 느끼게 된다. 대자연의 엄숙함에 어쩔 수 없는 미약한 존재로서 우리는 한없이 겸손해진다.

거대하게 옆으로 펼쳐져 계단 모양으로 겹겹이 쌓여 있다. 오랜 침식과 풍화 작용에 의해 만들어진 바위들이 마치 전위

예술가의 건축물을 보는 것 같다. 가장 젊은 표면의 지층에서 바닥으로 내려갈수록 오래된 암반이 층마다 다른 색상을 나타내어 지질의 단면을 뚜렷하게 보여준다. 얼마나 긴 세월이 흘러야 지층이 변화를 일으키고 또 다른 색상을 만들어 내는 것일까?

햇빛에 반짝이는 눈 같은 하얀 색, 연한 핑크, 짙고 옅은 갈색, 보라, 붉은, 크림색, 오렌지색…. 어느 것 하나 튀는 색이 없다. 은근하고 차분하다. 사람이 만들어 낸 인위적인 색상이 아닌, 그래서 우리는 "자연스럽다"라는 말을 쓰는지 모른다.

애리조나주 고원지대, 넓은 땅 일부가 솟아올라 협곡이 생기고 협곡을 따라 물줄기가 흘러 들어가 거대한 콜로라도강을 이루고 있다. 이 강물이 후버댐을 거쳐 네바다주, 애리조나, 로스앤젤레스까지 주민들의 식수와 생활용수, 농업, 산업에 쓰이고 있다. 발원지인 이곳의 풍부한 수량으로 강우량이 적은 캘리포니아 주민들의 생활을 윤택하게 한다니 이곳은 생명의 은혜의 땅이다.

물 한 방울도 없을 것 같은 바위 꼭대기에 노목이 뾰족한 잎을 달고 살아 있음을 보여준다. 메마른 사막에도 생명을 가진 식물들은 꽃을 피우고 번식하며 삶을 이어간다. 인간은 자연에서도 늘 교훈을 얻는다.

네 번째 방문이지만 그랜드캐니언 협곡은 여전히 엄숙하고 비밀스럽다. 모든 것을 한꺼번에 보여주지 않은 이 거대한 비경 앞에 내가 차지하고 있는 것들이 얼마나 작고 초라한 것인지 새삼 느끼곤 한다. 하루에도 수백 명이 이곳을 찾아오는 관광객들은 몇 광년으로 이루어진 대자연의 경이로움에 저마다의 느낌표를 가지고 되돌아갈 것이다.

여행은 혼자도 좋지만, 마음 맞은 친구들끼리라면 즐거움은 배가된다. 협회 세미나에 참석차 한국에서 오신 정 교수님을 모시고 그랜드캐니언 여행을 갔다. 강의 시간에 미처 듣지 못한 그분의 삶과 문학에 관한 이야기를 나눈다. 우리들의 젊은 날의 사랑과 열정, 지나온 날의 역경 뒤에 얻어지는 평온한 날들에 대해서, 긴 이동 시간도 지루한지 모르며 짧게 느껴진다.

좋은 것을 함께 보고 느끼며 서로의 감정을 공유할 수 있다면, 여행은 우리들의 영혼을 충만하게 하리라.

봄의 유혹

스프링 블룸(Spring Bloom), 분홍 꽃송이들을 벙긋이 달고 있다. 몸집이 크고 긴 뿔을 달고 있는 수사슴이 암사슴과 아기 사슴이 하루가 다르게 통통하게 살이 오른다. 사슴 가족이 아기까지 봄꽃들을 모조리 해치우고 발자국만 남겼다.

그리고도 며칠 후 제철을 만나 한창 절정을 이루던 붉디붉은 동백꽃까지 사정없이 훑고 갔다. 어찌 그리 모질게 연한 꽃잎을 다 먹어 치웠는지. 채소밭을 휘젓고 간 뒤에도 이리도 서운하지 않았는데. 겨우내 앞마당을 환하게 비춰줄 두 그루의 동백나무에 꽃망울만 몇 개 덩그렇게 남았다.

동백꽃에 대한 상념은 남다르다. 집을 떠나 객지에서 학교에 다녀야 하는 사춘기 어느 해 겨울, 조금은 한가한 마음으로 동백섬에 놀러 갔다. 오동도에는 군락을 이룬 제법 큰 동백나무들이 빼곡하게 숲을 이루고 있었다. 짙은 녹색 숲속에 매혹적인 붉은 꽃송이가 마치 선녀들이 사는 천상 세계인 듯 주위를 온통 붉게 물들이고 있었다. 동백은 매서운 찬바람에 아랑곳하지 않고 선홍빛 꽃을 피우는 비장함과 범접 못할 기품이 느껴졌고, 그런 한편으로는 단아하면서도 요염하다는 느낌을 받았다. 마치 미인도를 보는 듯했다.

엘에이에서 지금 사는 이 집으로 이사 왔을 때 제일 먼저 동백나무가 눈에 들어왔다. 그런데 오동동에서 보았던 몽환적인 것에 비해 우리 집 동백나무는 오종종하여 모양새가 덜하다. 뜰한 곁을 환하게 비추다가 어느 날 뭉텅 제 몸을 통째로 쏟아버리는 그 처연함이 안쓰럽다. 겨울에 피는 꽃은 어딘지 애잔하다.

엘에이 우리 동네에는 유난히 집마다 동백나무가 많이 심겨 있다. 우기의 끝자락 2월에는 해갈이 될 정도로 제법 많은 비가 내리곤 한다. 여기저기 새순들이 솟아오르고 이름 없는 잡초들이 이 땅의 토착민이라며 지천으로 새잎을 밀어내고 있다. 생의 궤도를 빗나가지 않고 제 임무를 다하려는 듯 얼굴을 내밀고,

이른 봄꽃들도 꽃망울을 터트리기 시작한다. 흐드러지게 피어 있는 이른 봄꽃보다 나의 계절은 오월이다.

아침 햇살이 막 떠오르는 건너편 산자락에 연초록빛 이파리에 섬광 같은 햇살이 입맞춤하듯 여기저기 반짝이고 아기 손 같은 잎사귀들이 가만가만 흔들어줄 때 알 수 없는 기쁨을 느낀다.

봄이 되니 채소를 심었던 자리가 휑하니 비어 있어 자꾸만 눈에 거슬린다. 그라운드카버가 채워졌던 자리이니 원래대로 복구해야 하나 아니면 이참에 다른 종류의 식물로 바꾸어 볼까 하고 홈디포를 둘러보아도 마땅한 것을 찾지 못했다. 인터넷에서 너서리 홀 세일 하는 곳을 찾았다. 중국타운에 있는 대형화원이다. 실내와 실외에서 키울 수 있는 수많은 종류의 꽃과 과실나무들이 잘 손질되어 각각의 종류별로 자태를 뽐내고 있다 한참을 둘러보고 있으니 천국이 마치 이런 곳이 아닐까 하는 착각이 든다. 역시 중국의 대국다운 규모는 타의 추종을 불허한다.

예정에 없던 꽃나무들을 주섬주섬 카터에 담는데 남편이 한마디 한다. "이건 내 잘못이 아니고요. 순전히 꽃들이 나를 유혹

해서 넘어간 것뿐이라고요."라며 남편의 핀잔을 듣는 둥 마는 둥 하자 남편이 피식 웃는다. 돌아오는 차 속에서 벌써부터 머리가 복잡해진다. 이것들을 어디에 자리를 잡아줄 것인지 한동안 내 손이 바빠질 것이다.

얼마 만에 느껴본 계절의 감흥인가 마음 맞은 동무들과 꽃구경이나 나서 볼까. 바야흐로 봄이다.

인연과 우연

우연히 이선희의 〈인연〉이란 노래를 듣는다. 감미롭고 청아한 선율이 마음을 촉촉이 적신다. 거부할 수가 없는 것- 우리에게 주는 선물, 이것이 인연이고 운명이란다. 불조(佛祖) 성현도 피하고자 했으나 피하지 못했던 인연에 대해 한동안 생각한다. 수많은 문학 작품에서나 노래 가사에서도 어찌할 수 없는 인연에 관한 고찰이 많다.

별처럼 수많은 사람 가운데 누군가를 우연히 만나는 것은 기적이다. 내 의지와 상관없이 예측하지 않아도 어느 날 예고 없이 슬며시 다가와 내 삶에 일부가 되어 크고 작은 영향을 미친다. 부모 형제와의 인연, 부부간의 인연, 먼 타국에 나와서도 내 나라 사람들과 공동체를 이루고 같은 언어를 쓰며 어울려 사는 것도 인연이다.

그중에서도 평생을 함께해야 할 천생연분인 부부의 인연이 아닐까. 천 번의 생을 돌고 돌아 만날 수 있다는 귀한 인연인데도 살다 보면 그 인연의 소중함을 잊고 살 때가 얼마나 많은지? 누군가를 만나 우정을 나누기도 하고 특별한 이유 없이 슬며시 멀어지기도 한다, 되돌아보면 진정으로 오랜 시간 마음을 주고받으며 관계를 유지하는 친구는 그리 많지 않다. 그 인연을 소중하게 여기고 좋은 관계를 이어 나갈 때 지속할 일이다.

필연은 우연의 모습으로 만나 인연이 된다. 언제 보아도 좋은 사람, 늘 변함없는 사람을 만나는 행운은 귀한 인연이라고 할 수 있다. 그런 인연은 전생에 좋은 업을 쌓았을 때 가능하다고 한다. 만나지 말았어야 할 악연도 있다. 흉한 일을 당할 때 사람들은 그 사람의 전생 업보라고 한다. 모든 만남을 소중히 여기라는 뜻일 것이다.

살면서 기적 아닌 것이 이뿐이랴. 아이들이 자라 수많은 사람 가운데 짝을 만난 것도, 혼인하여 외손녀가 태어나 우리에게 기쁨을 준 것도, 늦은 나이에 결혼하여 제 아빠의 성을 달고 특별히 우리에게 와준 쌍둥이 손자도 인연이며 기적이다. 어쩌면 미리 운명적으로 맺어진 필연인지도 모른다.

사람과 사람의 관계뿐만 아니라 사람과 물건과의 관계에도 인연이 있다. 내게 가장 오래된 인연으로 지금까지 함께한 물건도 있다. 첫아들이 돌을 맞아 남편의 친구 부부로부터 받은 독일제 반죽 믹서기와 한 세트로 된 플라스틱 볼이다. 빵을 만들 때 손쉽게 반죽을 하기도 하고 달걀을 풀어 빵 위에 올리는 크림을 만들기도 한다. 아이들이 자랄 때는 무던히도 많이 사용했는데 한동안 사용할 일이 없어졌다. 42년을 같이하며 바다 건너까지 함께 왔는데 얼마 전 그만 바닥에 금이 가고 말았다. 무엇을 넣고 빻았다. 오래되었어도 처음처럼 은근한 오렌지색이 변하지 않았고 가장자리가 밖으로 휘어져 손잡이로 쓸 수 있어 편리하다. 큰 재물도 아니고 비싼 크리스털이나 골동품도 아닌 한낱 플라스틱 그릇을, 며느리에게 물려주며 옛 추억을 말해 주리라 했는데 아쉬웠다.

지난해에는 한국에 계신 구순의 어머니께서 엘에이에까지 가지고 오신 오래된 노트 한 권도 그중에 하나다. 친정에 남아 있는 유일한 내 물건이었는지 모른다. 40년이 넘게 그걸 간직하고 계신 어머니는 아마도 그 낡은 노트를 딸을 보듯이 보관하고 있었을 것이다. 90세가 넘고 나서 이제는 그것마저도 주인에게 돌려주려는 듯 자주 주위를 정리하신다. 긴 세월을 말해 주듯 종잇장은 누렇게 변했고 일부는 삭아있었다.

20대에 시골 초등학교로 첫 발령을 받았다. 지금은 상상할 수도 없지만, 한 반의 학생이 80명이 넘었다. 사명을 가지고 열심히 아이들을 가르쳤고 나는 교직을 좋아했다. 여름방학이 되기 전 장마가 시작되면 교실 안은 온통 비릿한 땀 냄새와 아이들의 재잘거림과 웃음소리로 가득했다.

수업이 끝나고 아이들이 집으로 돌아간 뒤, 주위는 갑자기 적막감이 흐른다. 썰물이 밀려 나간 텅 빈 바다처럼 빈 교실에서 잡무를 끝내고 혼자 남아 그때 쓴 일기장 겸 시작(詩作) 노트다. 첫 장을 열자 치기 어린 감상에 젖어 써놓은 글들이 슬며시 미소를 짓게 한다. 까마득히 잊고 있던 물건들을 다시 만나니 반갑기도 하고 그 또한 끈질긴 인연이 아닌가 싶다. 필연적이고 운명적인 만남이라도 그 인연을 늘 보석처럼 소중히 가꾸지 않으면 깨어지고 마는 것이 인연이리라.

K선생의 시낭송회

일주일 전 소설가이며 시인인 K선생으로부터 Mount St. Marry university 대학에서 북 데이(Book Day)가 있으니 참석해 달라는 전화를 받았다.

K선생의 시낭송회에 내가 낭송할 순서도 들어 있다니, 모처럼 바람도 쐴 겸 한국에서 오신 어머니를 모시고 집을 나섰다.

구글 지도에 주소를 넣고 평소대로 나긋나긋한 여자 목소리로 길을 안내해 주는 대로 프리웨이를 들어섰다. 학교 이름이 생소했지만, 평소대로 GPS가 늘 친절하게 알려주었으니, 겁날 것 없이 달리기 시작했다.

50분쯤 지나 프리웨이에서 내리라는 명령이다. GPS는 큰길을 따라 이곳저곳으로 끌고 다녔다. 나중에는 막다른 골목까지 들어가라는 지시를 한다. 운전하고 있는 애꿎은 남편을 탓한다. 예전에는 먼 길도 종이에 적은 주소 하나만 들고 초행길을 잘도 찾아다녔는데 구글 지도가 사람을 바보로 만든다. 자주 이 앱을 애용했건만, 오늘따라 오락가락하니 믿을 것이 못 된다고 남편은 투덜대다 아예 꺼버린다.

한참을 헤매다 다시 전화기를 켰다. 좁은 골목을 구불구불 지나 제법 경사진 산으로 올라가라고 감정도 없이 침착하게 말한다. 이쯤 되면 기계가 주인인지 사람이 주인인지 헷갈린다. 주객이 전도되어 기계의 음성 한마디에 사람의 희로애락까지 달려있다니.

중턱을 따라 오르니 경비실이 보인다. 한참을 더 올라가도 보이지 않던 캠퍼스가 눈앞에 나타난다. 평지에 넓은 캠퍼스를 상상했던 내 생각이 빗나간다. 산꼭대기에 오르니 평지와 같은 넓은 공간에 고풍스럽고 운치 있는 캠퍼스들이 숲속에 들어 서 있다.

이 대학은 미국에서 두 번째로 세워진 가톨릭계의 유서 깊은 대학이다. 한국어가 개설되어 있고 요즈음 한류 열풍에 제법 인기가 있다. 그중에서도 K-Pop도 한몫하고 있다. 다음 학기부터 한국학을 담당하게 될 여자가 자기를 소개한다. 히피풍의 복장을 한 30대쯤 되어 보이는 한국 여자는 조금은 분망해 보이고 들떠있는 듯하다. 열정적으로 보이는 그 여자는 그 일을 담당하게 돼 기쁘다고 한다. 일찍부터 일본어가 개설되어 전통 있는 학과로 자리 잡은 것처럼, 우리 한국문화와 한국어도 학생들의 관심이 커지기를 기대해 본다.

K선생이 준비해 간 많은 시집, 수필집, 단편 소설이 외국 학생들의 관심을 끌었다. 한국문화에 관심이 많은지 한 권의 책도 남김없이 모두 가져갔다.

어머니가 입고 간 한산모시 한복이 그들 눈에 이색적으로 보이는지 학과장이 학생들 앞으로 어머니를 모시고 한복에 관해 묻는다. 미리 알았더라면 우리의 한복을 소개하는 좋은 자리가 되었을 텐데 갑작스러운 일이라서 좀 더 자세히 설명하지 못한 것이 아쉽다.

이곳 미주에 있는 문인들은 열심히 문학 활동을 한다. 한국에 있는 관련 교수들을 초청해 강의를 듣고 문학의 흐름을 익히기도 한다. 분과별로 작품집도 내고 개인 출판기념회도 자주 한다. 그러나 그것은 문인들의 잔치일 뿐이다. 독자가 없는 작품은 자기만족에 지나지 않는다. 문인들의 귀한 옥고로 출판된 책들은 여러 사람이 읽히지 못하고 어느 서재의 구석에서 먼지를 뒤집어쓰고 있다면, 일회성이며 종이만 소모할 뿐이다.

한국어가 개설된 학교나 단체와 연계하여 적극적으로 우리의 문학과 문화를 알리는 기회가 되었으면 좋겠다. 그들의 행사에 들러리를 서는 것보다 우리가 먼저 학교나 유관 단체에 행사의 취지를 설명하고, 개인이 출판한 책자나 장르별로 출간된 책자를 배포하는 것도 한 방법일 것이다.

미주의 문학단체가 이제 어느 정도 자리를 잡았다. 문학인들이 더 고령화되기 전에 추진해 볼 일이다. 젊은 회원은 없고 기존의 회원은 6, 70대가 주류를 이룬다. 50대가 젊은 세대다. 이곳에서 자란 자녀들은 한국문학에 언어적인 문제가 따른다. 문학이 아니더라도 볼거리 놀거리들이 너무 많아 관심도 없다.

문화는 한 민족의 혼과 같아 대대로 이어져야 할 우리의 과제다. 이런 방법으로도 서로 연계하여 시도해보면 어떨까 하는 생각이 든다. 남을 이해하고 다른 나라를 이해하는 작업은 그 나라의 문화를 알고 서로 소통하는 것이 중요하다.

외지에 나와 있는 우리는, 문학인은 우리끼리의 잔치를 떠나 외연을 넓혀 우리의 문학과 문화를 알리는 단체가 된다면 더 뜻있는 일이 될 것이다. 어느 개인의 힘보다는 단체가 힘을 합쳐 할 수 있는 일이 아닐까.

국화차

창밖에 바람이 부는 저녁녘
마른 국화꽃 이파리 서너 개 찻잔에 넣고
따뜻한 물 부우니
포실한 국화 이파리 방금 피어난 듯 환하게 피어난다.
향기 그윽이 피어난다.
푸른 잎 시나브로 시 들어가는 계절에
뜨락 한켠에 다소곳이 피어나서
마음 환하게 밝혀 주던 꽃
어릴 적 책갈피 속 그 꽃잎 곱던 기억
오래전 잊었던 임 다시 만난 듯
아득한 향기가
찻잔 속에 가득하다
누가 알리랴 국화향 한 모금
시린 영혼 한 자락 온기로 감싸줄지.

해가 저물자 찬바람이 어둠 속으로 스며든다.

* 일터에서 식구들이 아직 집으로 돌아오기 전 짧은 고요 속에 마른 꽃잎
  서너 개 찻잔에 넣고 따뜻한 물 부으니 그 속에 노란 국화꽃이 소롯이
  피어난다.

흔적

햇살 마알갖게 드는 일요일 아침에
부엌의 식탁에서 신문을 읽다
그 위에 놓인 나의 두 손을
무심코 바라본다
이미 손마디는 굵어지고
푸른 힘줄이 튀어나온 손
주름진 골마다 시간의 더께가
무심히 쌓여 있다.
방금 읽었던 사회면 기사보다 더 많은
기억들을 두 손은 기억하고 있을까.

똑같으면서도 다른 두 손
그동안 오른손에 더 의지했는지
굳은살이 더 완강하게 버티고 있다.

나는 이미 잊혀진 기억들을

그는 모조리 알고 있다는 듯.

용서하라 너무 너에게 가혹했다면

뜨거운 태양 아래 빨갛게 무더기 진

부겐빌레아의 눈부심 같이

한 번도 환하게 피어나 보지 못했어도

잠시의 휴식도 없이 때로는 개척자로서

너의 수고를 알기에

꽃이 피고 질 동안 손등 위에

희미해진 흉터에서

웃음 하나 툭 튀어나와 이제는 미소 짓게 한다

더 이상 젊은 날의 매끄럽지도 날렵하지도 않은

무디어진 손

아직도 기쁘게 쓰일 무언가를 찾고 있다.

신호등 앞에서도

월(wall)가 사거리

하루가 출렁이는 아침 8시.

사람들은 저마다 한 짐의 무게를 등에 지고

재빠르게 머릿속에 계산을 한다.

신호등이 켜있는 사거리에서

어느 길을 가든지 자기의 몫

숨차게 앞만 보고 달리다가

때로는 돌아서 가는 길도 있다고

빨강 불을 켜 주는 사거리 신호등에서

지난 시간 다시 돌아갈 수 없고 멈출 수도 없는

우리의 삶에도 신호등이 있다면

슬픔도 아픔도 비켜 갈 수 있을까?

* 아침 출근길 직장으로 가는 월wall가 사거리에서 오늘따라 신호등이
  멈춰 섰다.

젊은 날의
친구를
만나다

함부르크 공항에서 친구가 우리를 기다리고 있었다.

친구와는 실로 40년 만의 만남이다.

젊은 날의 모습은 그대로인데

세월의 무게를 이기지 못한 주름살은 감출 수가 없었다.

친구의 집에 들어서자,

그동안 잊고 있었던 빵 굽는 냄새가

먼저 우리를 반긴다.

구수한 냄새의 포근함,

빵을 굽고 차를 끓여 내오는 등

긴 여행으로 지쳐 있는

우리 부부를 따뜻하게 환영해 주었다.

−본문 중에서

그리운 슈바빙

슈바빙은 오랜 나의 꿈의 도시였다. 이번 여행에서 뮌헨을 들른다는 일정표를 보고는 그동안 잊고 있었던 기억으로 가슴이 뛰었다.

이른 아침, 일행들을 태운 버스가 뮌헨 구시가지 공원 옆, 오래된 레스토랑 앞에서 멈췄다. 식당 안에는 나이 든 두 남자가 찻잔을 앞에 놓고 느긋하게 신문을 읽고 있다. 시간의 더께가 끼어있듯 간결하고 깔끔한 소품들로 장식되어 있는 식당에는 우리 일행을 위한 독일의 정통 아침 식사인 삶은 감자와 소시지, 햄 등 간단한 메뉴가 커피와 함께 준비되어 있었다.

식사하면서도 나의 관심은 온통 이번 여행 일정에 슈바빙여행이 있는 것인가였다. 더는 참지 못하고 투어가이드에게 물었다. 그는 미안한 듯 아쉽게도 시간상 그곳에는 가지 않는다고 했다.

슈바빙, 이번에도 기회는 주어지지 않았다. 어쩌면 늘 마음속에 그리운 곳으로 남아 있는 것도 나쁘지 않겠다는 생각을 한다.

젊은 날, 먼 곳에의 그리움, 어디론가 떠나고 싶은 갈망, 모르는 얼굴과 낯선 곳에서 혼자이고 싶을 때, 바하만의 시구처럼 식탁을 털고 나부끼는 머리를 하고 아무 곳에나 떠나고 싶을 때 나는 늘 슈바빙 거리를 생각하곤 한다. 회색빛 어두움과 함께 소리 없이 내리는 안개비, 노란 가스등, 축축한 아스팔트, 겨울에도 초록 이파리를 달고 있는 한적한 영국 공원을….

내가 그곳을 그리워한 것은 아마도 20대 초에 전혜린의 『그리고 아무 말도 하지 않았다』라는 수상록을 읽고 난 후부터였다. 그때 그 책을 읽은 느낌이 강렬해서 오랫동안 언젠가 찾아가보리라는 마음을 먹었다.

혼자이고 싶을 때 떠나고 싶은 곳, 노란 가스등 위로 안개비가 내리는 슈바빙 거리를 혼자 걷는 꿈을 꾸었다. 몇 번의 독일

여행 기회가 있어서 이웃 도시까지는 갔지만, 끝내 슈바빙은 나를 불러주지 않았다.

'슈바빙' 하면 나에게는 늘 전혜린과 오버랩 된다. 1950년대의 전혜린은 뮌헨 유학 시절, 어려운 생활고와 얼음 같은 이성과 불같은 열정과 예술혼 사이에서 갈등하고 때론 좌절하며 뮌헨의 추운 슈바빙 거리를 혼자 걷곤 하였다.

독일인이 사랑한, 이미륵이 살았던 곳, 라이너 마리아가 시를 썼던 곳, 전혜린은 슈바빙 거리를 이방인의 눈으로 본 계절의 풍경과 현실과 이상의 괴리에서 오는 불안한 나날을 섬세하게 표현했었다. 불확실한 미래에 대한 갈등. 차가운 이성과 사랑하는 연인과의 좁힐 수 없는 거리감. 그녀가 유학 시절 자주 들렀던 카페 제로제는 파일리츠쉬 스트라쎄 32번지는 길모퉁이에 아직도 그대로 있다.

여행 떠나기 전 인터넷에서 찾아본 슈바빙의 최근 소식에는 전혜린이 죽은 지 48년만인 지난 2013년 7월, 낯선 이방인에 불과했던 그녀를 위해 독일인들이 카페 제로제에 모여서 추모 행사를 열어 주었다. 그녀가 앉았던 자리에서 제로젠크라이스 (seerosenkreis)가 전혜린의 글을 낭송하고 음악회를 열었다고 한다. 이는 한국인들이 끊임없이 슈바빙을 찾아 카페 제로제에 와서 전혜린을 아느냐고 물었던 덕분이란다.

지금도 한국인들은 전혜린을 만나러 슈바빙에 들른다는 소식이다. 나 혼자만 가보지 않았던 슈바빙을 나 혼자만 그리워했던 것은 아니었나 보다.

비르게나우 마을의 수용소

유럽의 여느 시골 마을처럼 한적하기까지 했다. 우리 일행이
도착한 곳은 폴란드 오시비행침에 있는 아우슈비츠 비르케나우
강제수용소다. 동유럽의 전형적인 봄 날씨는 하루에도 햇빛이
비치다가 금세 비가 내리는 등 일기가 변화무쌍하다. 구름이
잔뜩 낀 하늘이더니 기어이 안개 같은 이슬비가 내리고 있었다.

눈앞에는 공장 같은 수용소 벽돌 건물들이 을씨년스럽게 길
게 늘어서 있다. 철도가 수용소 앞까지 이어진 건널목에 내렸
다. 철길 사이로 수많은 편지가 수북이 쌓여 긴 철길 따라 놓여
있다. 어디에서도 보기 드문 낯선 광경이다.

아직도 그들을 잊지 못해 누군가가 보낸 편지들이다. 이미

이 세상 사람들이 아닌데 그 주인을 찾지 못하고 갈 길을 잃은 채 이곳 철길에 쌓여 있는 것이리라. 그 앞에 검은 모자와 검은 정장을 한 나이 든 남자들이 고개를 숙이고 묵념을 하고 있다. 유대인들의 옷차림이다.

철길에서 수용소 건물까지 걸어서 들어가는 시간은 채 5분도 걸리지 않았다.

'ARBEIT MACHT FREE'라는 대형 글자가 철문 위에 커다랗게 새겨져 있다. 이곳에서는 노동만이 살아남을 수 있다는 뜻이다.

허허벌판에 세워진 거대한 막사, 사방은 예리한 철조망이 처져 있고 곳곳에 기관총이 설치된 감시탑들도 보인다. 입구에 들어서자 왼쪽에 공장 같은 붉은 벽돌 건물이 길게 들어서 있고 앞뜰 잔디밭에는 용도를 알 수 없는 쇠붙이로 된 철봉이 있다. 담벼락에 붙어있는 벽난로도 눈에 띈다. 시체를 화장했던 곳과 목을 매달았던 곳이라 한다. 이곳은 수용소에 갇혀 있는 사람들이 잘 볼 수 있게 입구에 세워져 있고 실제로 수용소 안에는 하루에도 수많은 사람을 화장했던 곳은 따로 있다.

가까운 제1전시실로 들어갔다. 입구를 들어서자 수용인들이 사용했던 신발, 그릇, 안경, 아이들의 옷과 장난감, 생활용품, 머리를 잘라내어 카펫을 만들었던 머리카락, 가스가 모자라 사용했던 치클론 B가스통 등이 시간과 함께 퇴색한 색깔로 한 무더기씩 쌓여 있다. 눈 앞에 펼쳐진 수많은 전시물을 보자 몸이 움츠러든다.

어느 방 하나에는 어린아이들에서 어른들이 입었던 줄무늬 죄수복이 가득 진열되어 있다. 벽에는 걸려 있는 사진 속사람들은 큰 가방을 들고 두려운 표정으로 어디로 가는지도 모른 채 기차를 기다리고 있고, 더러는 짐칸 같은 기차 안에 뒤엉켜 있다. 아이들은 옷도 걸치지 않고 뼈만 앙상하고 지친 얼굴에 공포가 가득하다. 커다란 구덩이에 시체들이 가득 쌓여 있는 사진은 차마 바라볼 수 없어 외면하였다. 전시실마다 인간이 인간에게 저지른 악마적 행태를 더 이상 바라볼 자신이 없어 밖으로 나왔다.

오시비행침 수용소에는 유대인뿐만 아니라 폴란드, 러시아, 프랑스, 체코. 네덜란드 사람들과 정신병자들까지도 이곳에서 갇혀 있다가 학살당했다. 노동에 쓰임 받지 못한 15살 이하 어린이와 병약한 사람들, 노인들은 가스실로 사라졌다. 나치는 집시들도 유랑 생활이나 문맹, 유전적 열등인이라고 여겨 게토에 넣고 집단 학살했다고 한다.

아돌프 히틀러 치하 나치 독일 이전부터 대량학살과 강제노동이 있었으며 이런 끔찍한 시설이 유럽 각국에 여섯 군데가 더 있다고 하는데 믿기지 않는다. 세계 2차 대전이 끝난 1947년 폴란드 의회는 아우슈비츠 수용소를 보존하기로 했고 1979년 세계문화유산으로 지정하였다. 아프고 인간의 수치스러운 행태의 역사일지라도 보전하여 후대의 교육 현장으로 남겨두기로 했다.

나치의 만행은 인간의 존엄성을 부정하고 잘못된 정치적 신념이 저지른 인류 최대의 비극으로 인간의 잔인성을 경고한 교육장이라고 하겠다. 전시된 사진을 일부러 다 보지 않고 나왔는데 밖에도 끔찍했던 학살의 건물들이 눈에 들어왔다.

총살을 집행한 총살의 벽, 시신 소각장, 가스실 등이 있고 담벼락에는 고압 전깃줄을 이중으로 설치해놓았다.

'노동만이 너희를 자유롭게 하리라.'

노동할 수 없는 자는 이곳에서 살아남지 못하고 죽음밖에 다른 길이 없다는 강압적이고 끔찍한 경고의 글귀다.

수용소 밖으로 나오자 고등학생쯤 되어 보이는 남자아이들이
검은 옷에 머리에는 손바닥만 한 둥근 모자를 쓰고 그들 역시
빙 둘러 모여 서서 기도를 하고 있다. 날씨 때문인지 찬 기운이
온몸에 느껴진다.

백탑의 프라하 바흘라프 광장에서

동유럽의 파리로 불리는 프라하에 와 있다. 프라하에는 크고 작은 광장이 많다. 종교개혁의 광장 혹은 바흘라프 광장이라고 불리는 이곳은 행정의 중심지이고 역사적인 사건의 현장이다.

구시가 광장과 바흘라프 광장은 체코인에는 매우 중요한 의미가 지니고 있다. '프라하의 봄'이라고도 불리는 바흘라프 광장은 체코인들이 자유를 위해 항거한 역사의 현장이다. 체코가 러시아의 지배 아래에 있던 1968년 자유를 위한 민중들의 항거가 일어나자 소련군은 탱크를 앞세워 무자비한 진압하여 좌절시켰다. 이곳에서 1969년 당시 학생인 얀 팔라크가 무력 진압에 항의하여 분신자살로 생을 마감하였다. 공산당의 무자비한 탄

압은 계속되었지만 1989년 11월 극작가이며 인권운동가 하벨에 의해 조직된 시민 포럼의 항거가 계속되었고 마침내 공산 독재 체제를 피를 흘리지 않고 체코슬로바키아의 민주화 시민혁명에 성공하기에 이른다. 하벨은 그 후 체코의 대통령이 되었다.

힘든 국난의 아픈 역사가 있는 프라하는 까를로 4세에 의하여 지금의 고풍스러운 모습으로 증축되었다. 지금은 수많은 수식어가 붙어있는 낭만의 도시가 되었지만, 이 아름다움 속에도 감추어진 슬픈 역사가 있다. 그들의 역사도 우리와 많이 닮아있는 듯하다.

광장 입구에 성 바츨라프 기마상이 우뚝 서 있다. 동상의 이름을 따서 건국의 아버지라 불리는 바츨라프 광장이라 한다. 10세기 보헤미안 기사들과 함께 적군을 물리쳐 국난을 극복한 바츨라프 영웅을 기린 곳이다. 기마상 아래는 소련 공산주의자들의 침공에 희생된 영령들의 명단이 검은 대리석 위에 새겨져 있다. 방문객들이 놓고 간 꽃다발이 제단 위에 수북이 쌓여 있다.

이제 바츨라프 광장은 마치 축제장 같다. 낯선 여행객에게도 평화로운 여유가 느껴진다. 광장에서 버스킹을 하는 가수들과 악사들, 행위예술가들이 여행객의 눈과 귀를 즐겁게 한다. 바츨라프 광장에 아마추어 연주가들이 작은 음악회를 열면, 그 앞으로 사람들이 모여든다. 광장 곳곳에서 버스커들의 다양한 공연에 사람들은 발길을 멈추고 귀를 기울이며 함께 노래하고 감상하는 바츨라프 광장, 여행객과 예술가들의 함께 어울리는 자유로운 광장의 모습이다.

행위예술가들이 머리부터 발끝까지 금색, 은색으로 온몸에 페인팅하고 동상처럼 꼼짝 않고 서 있다가 무심코 지나가는 구경꾼들을 깜짝 놀라게 하여 웃음을 자아낸다. 가장자리에 줄지어 서 있는 잘생긴 말들이 색깔 고운 전통 문양의 안장으로 치장하고 광장의 주위를 우아하게 걷고 있다.

프라하를 거닐다 보면 사랑에 빠질 것 같은 착각이 든다고 누가 말했던가. 관광객으로 북적거리는 카페의 창가에 화사한 화분이 놓여있고 사람들이 모여 한가롭게 담소를 나누거나, 햇볕 아래 차를 마시고 책을 읽는 여유로운 모습도 볼 수 있다.

세계 10대 박물관 중 하나인 프라하국립박물관을 나와 틴 성당이 있는 구시청사로 이동한다. 외벽에 있는 천문 시계탑 아래 사람들이 모여 있다. 황금색 바탕에 복잡한 구조로 된 둥근 형태의 시계다. 그 아래 많은 사람이 무언가를 기다리고 서 있다.

12시 정각이 되자 시간의 의미인 붉은 수탉이 보이고 창문이 열리며 황금색 원판 위에 허영과 탐욕을 상징하는 해골이 오른 손에 감긴 줄을 잡아당긴다. 왼손으로 모래시계를 들어 올리자 시계의 왼쪽 창문이 열리고 십이사도들이 차례로 나와 성 바오르를 따라 행진한다.

해골이 달린 트루쿠인은 인간의 욕망을 상징하고 반대쪽 거울은 유대인 고리대금업자의 탐욕을 상징한다. 1410년에 만들어진 것으로 사계절은 물론, 일출과 일몰까지 나타낸다. 인형들은 서로 다른 모습의 별자리로 절기와 시간을 나타내며 글을 모르는 사람들에게 농사의 시기를 알려준다. 행렬이 끝나면 수탉이 회를 치면서 벨을 울려 시간을 알린다.

이 시계는, 15세기 프라하 대학 수학 교수의 설계로 제작되었다. 600년이 흐른 지금도 오차 없이 작동하고 있다고 한다. 그 시대에 이렇듯 정교하고 과학적인 시계를 만들었다는 사실에 놀랍기만 하다.

관람료를 내면 올라가서 직접 천문시계의 내부도 볼 수 있다고 해서 나도 관람료를 내고 이 층에 올라갔는데 오히려 구시청사 건물 밖 아래에서 본 신비함이 사라져서 괜히 올라왔다는 생각이 들었다.

고딕 양식의 시청사의 내부는 매우 화려하였다. 가장자리가 금빛으로 된 정교한 문양의 스테인드글라스가 넓은 청사의 창문을 장식하였고, 글을 모르는 서민들에게 생활에 필요한 메시지를 전달하는 그림이라고 한다. 엘리베이터를 타고 전망대에 올라왔다. 언덕 아래에 강물을 끼고 있는 프라하성이 한눈에 내려다보인다. 풍요로운 도시의 붉은 지붕들이 지는 해를 받아 더욱 강렬한 아름다움을 느끼게 한다. 슬픈 역사를 지닌 도시이지만 지금은 마치 샹젤리제 거리를 연상케 한다. 과거의 힘들었던 역사를 뒤로하고 고풍스럽고 아름다운 이 도시를 보기 위해 수많은 사람이 찾아온다.

프라하의 밤은 낮보다 아름답다는 카피라이터가 붙은 도시의 밤 풍경은 일정이 짜인 관광객에게는 볼 수 없어서 아쉬웠다.

유럽의 문화의 중심지인 이곳은 명명된 9개의 백탑 중에 백탑의 프라하라는 수식어가 붙어있다. 종교개혁의 광장, 혹은 바츨라프 광장이라고 불리는 이곳은 행정의 중심지이고 역사적인 사건의 현장이다.

짤즈캄머굿의 장크트길겐 마을

    한 폭의 수채화 같은 하얀 여름 별장들이 호수와 잘 어울린다. 〈사운드 오브 뮤직〉의 배경의 일부로 나왔던 산자락을 지나 장크트길겐 마을로 들어선다.

    넓은 고사우(Gosau) 호수 주변으로 마을이 형성되어 있다. 마을의 주민들은 보이지 않고 관광객만 몇 커플 보인다. 볼프강 호숫가에 있는 장크트길겐 마을의 집들은 교회 첨탑 외에는 거의 3층으로 된 집들이다. 집마다 붉은 꽃들이 창가에 놓여있다. 마을 뒤편의 푸른 산들이 배경이 되어 한 편의 그림이다.

    이곳은 오래전에는 바다였는데 지각변동으로 땅이 융기되면서 빠져나가지 못한 바닷물이 호수를 이루고 물이 증발하고 남은 소금이 땅속에 묻혀 생성되었다고 한다. 전에 이곳 소금광산에는 많은 소금이 저장되어 있어 짤즈캄머굿이란 이름으로도 불리게 되었다고 한다. 굿(gut)은 소유지를 뜻한 것이니 이 소금광산도 누구의 소유였던 곳일 것이다. 소금이 금같이 귀했던 그 옛날에는 국가 재원의 큰 비중을 차지했다.

짤츠캄머굿에는 70여 개의 호수가 있다. 가장 아름답다는 볼프강 호수에서 유람선을 타고 강줄기를 따라 내려간다. 산자락 아래, 초록빛 잔디 위에 하얀 별장들이 드문드문 들어서 있다. 크리스마스카드에서 보았던 풍경이다. 강을 따라가다 보니 바위가 수직으로 되어 있는 곳도 있어 젊은이들이 암벽등반을 하는 듯 보인다,

빨강색, 겨자색 케이블카가 푸른 호수를 배경으로 산 정상으로 오르내린다. 산 위에 오르니 5월 말인데도 눈이 하얗게 쌓였다. 산 아래 장크트길겐 마을에서 보이는 호수는 하나였는데 정상에 오르니 일곱 개의 호수가 산 뒤로 보인다. 눈밭을 걸어서 더 오르니 산 뒤로 평야가 끝없이 펼쳐져 있다. 케이블카를 타고 내려오는데 누군가가 '푸니쿨리 푸니쿨라'(케이블카가 움직인다. 빨리빨리)를 작은 소리로 부른다.

마을 입구에 바이올린을 연주하는 모차르트의 작은 동상이
서 있다. 이 마을 호숫가에 자리한 노란 외벽의 단아한 집이
모차르트의 외가라고 했다. 여름을 모차르트가 어머니와 함께
이곳에 와서 지내곤 했는데 이곳에서 작곡도 하고 교회에서 연
주했다고 한다. 그때 연주했던 교회가 지금은 박물관이 되었다.
모차르트 어머니는 이 볼프강 호수를 너무 좋아해 모차르트 이
름에 볼프강을 넣었다고 한다. 이곳에 있는 성당의 규모는 작지
만 제단과 벽면에 장식이 화려하고 아름답다.
  한적한 이곳에서 며칠 더 머물다 가고 싶다.

세상에서 가장 아름다운 거리

세상에서 가장 아름다운 거리라는 애칭이 붙은 오스트리아의 게트라이데 가세(Getreidegasse) 거리를 걷는다. 빼곡한 대리석 건물 사이를 걷다 보면 어느새 중세시대의 어느 골목을 걷고 있는 착각이 든다. 골목길이라는 뜻의 '가세' 구시가지 최고 번화가 게트라이데 골목을 따라 상가들이 들어서 있다. 흔히 보는 네온사인이나 요란하고 커다란 상호가 붙은 간판 같은 건 이곳에는 아예 없다.

이곳이 특별한 이유는 수백 년간 이어 온 철제 세공간판 덕이다. 많은 관광객이 이곳을 찾는 건 쇼핑보다는 골목 안의 아름다운 세공 간판과 세계 그 어느 골목에서도 보지 못한 특별함을 느껴 보고 싶어하기 때문일 것이다. 중세시대에 글을 모르는 문맹인을 위해 만들어진 철제 세공간판, 글을 몰라도 간판만 보고도 무엇을 파는 상점인지 알 수 있다.

어떤 상점인지 알리는 단순한 디자인, 어쩌면 이렇듯 상점의 특징을 위트 있게 잘 표현했는지 그 아이디어가 기발하다. 마치 도 예술작품이 전시된 갤러리 같은 분위기를 만들고 있다. 세계적인 브랜드가 이곳에도 다 모여 있다. 독특한 분위기 때문인지 제품마저도 돋보이는 것 같다.

더글러스 향수 가게, 유명 브랜드 의류점, 패스트 패션인 자라, 커다란 독수리가 입에 물고 있는 맥도널드, 스타벅스도 있다. 유명한 구겔론 초콜릿은 파란 은박지에 모차르트 얼굴을 그려 넣어 다른 것과 구별할 수 있다.

이 골목에는 네온사인이 요란한 불빛도 없다. 모든 간판의 재료가 검은 철재 바탕에 황금색 글씨뿐으로 고급스럽고 중후하다. 상점 위에 달린 이미지 그림만 봐도 옷을 파는 가게인지 신발가게인지 알 수 있다. 그런데 오스트리아는 여행지나, 거리나 작은 물건에도 모차르트 이름을 상표화해 스토리를 만들어 국민을 먹여 살리는 것 같다 이곳의 모든 철제 간판에는 금박으로 된 상호와 단순한 로고 뿐이다. 골목 안에는 모차르트 카페도 있었는데 들어가진 않았으나 아마도 실내에는 모차르트 음악이 흐르지 않을까 싶기도 했다.

게트라이데 가세는 12세기에 세워진 성 브라시우(Sankt blasiuskirche) 예배당에서 골목이 끝이 난다. 예배당을 덮고 있는 초록색 덩굴 이파리가 이 거리를 더욱더 예스럽게 한다.

게트라이데 거리를 벗어나니 밝은 색상의 모차르트의 상표가 붙은 초콜릿 가게들이 관광객의 눈을 유혹한다.

쉘브른 궁전에 가다

오스트리아 잘츠부르크는 소금 위에 세워진 도시다.

빈에는 볼 것이 너무나 많지만, 꼭 들러야 할 명소로 벨베데레 궁전과 쉘브른 궁전이다. 입구에서 보는 것만으로도 쉘브른 궁전은 한 마을을 이룰 정도로 넓고 대단한 성채로 이루어져 있다. 유럽의 대부분의 나라가 합스부르크 왕의 지배를 받았던 시대에 지어진 성들이다. 그 대표적인 건축물 중 하나인 쉘브른 궁전에는 40개의 방이 있다. 이 궁전은 대단히 넓고 화려함의 극치를 보여준다. 먼저 미술사 박물관에 들어가니 돔 같은 천장에서 자연광이 들어와 조명 역할을 한다. 구름과 천사들이 유영하는 천장화는 유네스코가 지정한 세계문화의 유산답게 너무나 아름다워 천상의 세계인 듯 잠시 그림 속에 빠져든다. 오랜 역사와 시간이 흘러도 원형이 그대로 보존되어 관광객들의 사랑을 받고 있다.

벨베데르 궁전에서 본 구스타프 크림트의 유명한 〈키스〉를 직접 보는 감동도 맛보았다.

독특한 아우라가 느껴지는 〈키스〉는 실제로 물감에 금을 섞어 사용했다고 한다. 벽에 걸려 있는 그의 작품들은 보는 방향에 따라 느낌이 다르다. 그의 작품들에서 공통된 색상은 노란 금색 바탕에 검은 사각모형이다. 또 둥글고 붉은 점이 그려져 있는데 미리 그의 작품에 대한 해석을 읽었어도 나는 역시 그의 작품을 이해하기가 힘들다.

쉘브른 궁전은 물의 정원이다. 어디서나 들리는 물소리가 귀를 시원하게 한다. 마쿠스시티쿳 대주교는 쉘브른 궁전 곳곳에 다양한 조각상을 돌로 만들어 그 속에서 분수가 솟아나는 물놀이를 즐겼다고 한다. 마쿠시스티쿳은 왕자이며 대주교이다. 그는 재미있고 신나는 것을 좋아했던 것 같다. 전혀 예상치 못한 곳곳에서 물 폭탄이 터져 나와 옷을 적시며 관광객들을 당황하게 한다. 400년 전 대주교가 이곳에서 물놀이를 즐겼듯이 이곳을 찾아온 관광객 어른, 아이들도 물놀이에 마냥 즐거워한다. 나무 아래 놓인 의자에 앉으려던 관광객이 물이 터져 나오자 깜짝 놀라고 그 모습에 주위 사람들이 웃음을 터뜨린다.

40개의 방을 볼 수 있는 그랜드 투어가 있었지만 아쉽게도 쉘브르 궁에서 나와 멋진 정원을 따라 아래쪽으로 내려온다. 잘 디자인된 드넓은 정원이 잔디 위에 그려진 한 장의 그림처럼 아름답다.

이곳이 〈사운드 오브 뮤직〉에서 폰드랍 가족이 살았던 미라벨 정원이다. 영화에서처럼 넓은 잔디 위에서 7남매들이 도레미 송을 부르며 계단을 뛰어오르는 장면이 보이는 듯하다.

황금소로를 걷다

    프라하 성 빈스 대성당과 천문 시계탑을 뒤로하고 황금소로로 향했다. 황금소로(골든 레인)는 성 이르지 교회를 지나서 왼쪽으로 가다가 첫 번째 나오는 골목이다. 원래는 프라하성의 경비원들을 수용하기 위하여 지어졌다는데 16세기 후반 금은세공사들이 들어와 살면서 황금소로라는 별명이 붙게 되었다고 한다.

    알록달록한 원색을 칠한 낮은 집들이 좁은 골목길을 양편으로 들어서 있다. 집 높이가 160cm밖에 되지 않아 동화 속의 난쟁이 마을이다. 허리를 굽히고 들어가서 집안을 구경한다. 좁은 집 안에는 아이들이 사용했던 면으로 된 옷들과 장난감,

생활용품 등이 진열되어 있어 그 시대의 생활상을 엿볼 수 있다. 골목길 끝으로 갈수록 많은 총기류와 긴 칼 등이 진열되어 있는 방이 많다. 총의 길이도 다양하고, 칼, 방패, 갑옷 등 크기도 다양하다. 특이한 것은 10대 전후의 아이들이 입을 수 있는 갑옷, 칼, 방패도 눈에 띄었다. 어린아이들까지도 전쟁에 동원되었다는 것을 알 수 있다.

살짝 구부린 자세로 중세시대의 장신구, 생활용품 등 그 시대의 소도구를 구경하는 재미가 쏠쏠하다.

좁은 골목길을 걷다가 비슷한 집들의 중간쯤에 22번지라고 쓰인 집이 있다. 이곳이 프란츠 카프카가 살던 집이다. 그는 유대계 법학박사였으나 낮에는 보험회사 직원으로, 밤에는 황금소로에 들어와 〈변신〉〈성〉〈유형지〉〈사이렌의 침묵〉 등 사람의 심리를 다루는 작품들을 많이 썼다. 이곳에 그의 작품들이 진열되어 있고 구입할 수도 있다. 결핵 진단을 받았으나 그의 유일한 목표는 문학창작이었고 빈 근교의 요양원에서 사망할 때까지 작품을 써나갔다. 유작들을 소각하라는 유언에도 불구하고 그의 친구가 출판하여 많은 작품이 남아 있다.

사람들은 독일의 나치 정권을 지지하는 작품을 집필했다고 해서 한때 체코인들은 카프카를 그리 좋아하지 않았다고 한다. 이웃집들과 다름없는 22번지 작은 집에 그의 작품들이 진열되어 있어 구입할 수 있다.

몇 천 년이나 금속을 금으로 바꿀 수 있다는 믿음에 근거한 인류의 호기심으로 다양한 실험이 이루어졌으나 실제로 금으로 만들 수 없다는 것을 대부분 사람은 알고 있었다. 그러나 연금술에 대해 미스터리하고 종교적이며 판타지적인 생각은 관광객으로 하여금 프라하의 곳곳에 있는 프라하성과 비세흐라드 그리고 연금술 박물관을 찾게 한다.

광장에 높은 고성과 고딕 건축물들이 서 있는 사이에 이 좁은 골목과 좁은 집에 살던 사람들은 어떤 사람들이었을까.

까를교 위의 노을

프라하의 저녁노을이 한 폭의 추상화처럼 유난히 선명하다. 저물어 가는 석양에 북적거리는 관광객에 섞여서 까를교를 걷고 있다. 볼타강 언덕에 자리한 베세흐라드 성과 강 건너 도시의 불빛이 하나둘 켜지기 시작한다. 다리 위에 악사들의 음악 소리와 다리를 걷는 사람들의 흥으로 에너지가 발산되고 있다.

볼타바 강을 사이에 두고 서쪽으로 올드타운과 프라하성이 있고 강 동쪽으로는 틴 성당과 구시가지 광장이 있다. 이 두 지역을 연결해 주는 다리가 유럽에서 가장 아름다운 까를교이다. 파리의 세느 강이나 런던의 템즈 강보다 폭이 넓고 수량도 많다. 프라하의 전성기를 이끌었던 카를 4세가 놓은 다리라 해서 카를교라는 이름이 붙었다.

이 다리는 유럽 중세 건축의 걸작으로 꼽히고 있으며 16개의 아치가 떠받치고 있다. 17세기 말에 시작하여 약 60여 년에 걸쳐 만들어졌으며 볼타바 강을 내려다보는 전망대 역할도 한다. 까를교 난간에는 좌우로 15개씩 30개의 성인상이 세워져 있다. 이 성인상은 실제 인물보다 더 크고 모두 독특한 모습을 하고 있다.

일부는 성서에 나오는 인물들, 일부는 체코의 역사에서 따온 영웅들이 모델이다. 이 중에 성 요한 네포므크 조각상이 유명하다. 성 요한 네포므크 신부에게 한 조세피아 왕비의 고해성사를 왕 바츨라프 4세가 알려달라고 했는데 신부는 그 청을 거절했다. 왕의 청을 거절한 신부는 혀가 잘려 이 다리 아래 버려졌다. 이튿날 강물 위에 다섯 개의 빛과 같은 광채가 떠올랐다는 전설이 있다. 성 요한 네포므크 동상의 머리 위에는 별 5개가 떠 있다. 조각상 오른쪽에 있는 순교 장면이 묘사된 부조도 있다. 이것을 만지면 행운이 온다는 설과 또는 다시 프라하로 돌아올 수 있다는 전설이 있어 많은 사람이 만지고 지나간다. 까만 동판이 노랗게 닳아있으니 얼마나 많은 사람들의 손길이 스쳐 갔을까.

관광객이 붐비는 이곳에서 음악과 퍼포먼스는 빼놓을 수 없

다. 주변의 풍경이나 명소, 초상화를 그려주는 화가들, 마리오
네트, 체코의 수공예품, 인형극 등을 하고, 버스킹하는 거리의
악사도 있다.

프라하에서의 야경은 황홀하다. 관광객들은 카를교 강 건너
에 위치한 아름다운 성곽들과 첨탑에 환상적인 조명을 입혀 낮
보다 더 고풍스럽고 신비스러운 풍경에 흠뻑 빠진다. 카를교를
중심으로 천문 시계탑, 바츨라프 광장, 국립박물관, 알폰스 무
어 박물관 등을 걸어서 10분 내에 갈 수 있다.

60여 년에 걸쳐 완성한 까를교를 보려고 전 세계에서 몰려온
관광객들도 늘 북적거린다. 볼타 강변에 있는 보트와 작은 배들
의 조명이 물결 위에 아름답게 흔들린다.

체코는 조상들이 이루어 놓은 찬란한 문화적 예술적 건축물
들을 보기 위해 전 세계에서 수많은 관광객이 모여드는 복 받은
나라이다. 가만히 앉아서 관광객들이 뿌리고 가는 달러박스,
체코가 한편 부럽기도 했다.

젊은 날의 친구를 만나다

동유럽 마지막 여행지인 비엔나에서 움베르트 에코의 〈장미의 이름〉으로의 배경이 된 멜크 수도원과 구스타프 크림트의 〈키스〉를 소장하고 있는 벨베데르 궁전을 구경한 것은 두고두고 가슴 뛰는 추억이었다.

감동을 뒤로 하고 나와 남편과 함께 함부르크를 가기 위해 공항으로 향했다.

빈에서 함부르크까지의 비행시간은 1시간 40분 정도였다. 함부르크 공항에서 친구가 우리를 기다리고 있었다. 친구와는 실로 40년 만의 만남이다. 젊은 날의 모습은 그대로인데 세월의 무게를 이기지 못한 주름살은 감출 수가 없었다.

친구의 집에 들어서자, 그동안 잊고 있었던 빵 굽는 냄새가 먼저 우리를 반긴다. 구수한 냄새의 포근함, 빵을 굽고 차를 끓여 내오는 등 긴 여행으로 지쳐 있는 우리 부부를 따뜻하게 환영해 주었다.

지난해 한국에 나갔을 때 친구의 동생으로부터 전화번호를 받고 몇 번 통화하여 그가 함부르크에 살고 있다는 것을 알았지만 이렇게 만나게 되리라는 예상은 못했다. 밤새 시간 가는 줄 모르고 이야기를 나누다 자정이 지난 후에야 잠자리에 들었다.

아침에 일어나니 베란다에서 키운 여러 종류의 허브를 따다가 주스를 만들어 놓고 싶다는 남편과 나에게 건강에 좋은 것이니 마시라고 강요한다. 치즈와 부어스트, 과일 등 독일식 아침 식사가 준비되었다. 식탁 위에 촛불을 켜고, 우리가 왔다고 귀한 그릇들을 꺼내 놓고 흰 테이블 커버에 냅킨을 두르고 아침을 먹으니, 근사한 호텔에서 대접을 받은 기분이다.

초록색 작은 나뭇잎이 달린 낮은 나무울타리가 이웃과 경계를 이루고 있는 동네에서 친구는 아들딸 둘은 전문인으로 키워 사회에 내보내고 한가롭게 살고 있었다.

식사 후, 집 뒤에 있는 공원으로 산책을 나선다. 넓은 공원엔

인적 드문 산속처럼 사람들이 눈에 뜨이지 않았다. 비가 자주 내려서인지 나무들이 내가 사는 엘에이보다 더 짙은 초록빛을 띠고 있다. 전나무를 배경으로 온갖 색깔의 꽃들이 아침 이슬을 매단 채 싱그럽다. 잘 정돈된 넓은 공원 안으로 들어가니 짙푸른 전나무가 울창하다. 친구는 나를 이끌고 나무들 사이로 들어간다. 그곳에 맑은 물이 제법 많이 흐르고 있었다. 친구는 가끔 이 숲속에 들어와 빈자리에 한국에서 가져온 풀씨를 뿌리고 잠시 쉬어 간다고 한다. 고요 속에 물소리만 들리고 40년 동안 쌓였던 우리들의 이야기도 끝이 없다.

엘베강가에서

함부르크는 서울과 비슷한 면적을 가졌으면서도 인구는 서울의 7분의 1밖에 되지 않는다. 산이 없고 대부분 호수와 평야로 뒤덮여 있다. 시 전체가 녹색 숲으로 이루어진 느낌이다.

얼마 전에 바닷가 근처에 한국인이 일식집을 오픈했다는 곳으로 우리를 초대한 친구는 지인들과 목사님을 초대해 우리를 소개하고 함께 식사를 나누었다.

그곳에도 우리가 사는 엘에이와 마찬가지로 교민들의 대화 내용은 주로 교회 생활에 대한 담소를 나눈다. 식사 후 가까이에 있는 바닷가 수산시장에 들렀다. 검은색 건물 안으로 들어가니 넓은 어판장에는 늦은 시간이어서인지 생각보다 많은 어류는 보이지 않았다.

다양한 종류의 어종 가운데 더러는 눈에 익은 생선들도 있다. 어시장이라는 특수성이 있는데도 잘 정돈되어 있었고 자동화된 시설과 청결한 환경이 기분 좋게 한다.

가까운 곳에도 전통 어시장이 있다는데 생선만 파는 곳이 아닌 채소, 과일 등도 있었는데 저렴하다고 한다. 새벽 5시에 개장하여 남녀노소가 어울려 먹고 마시고 춤을 추고 하드록 공연이 열리는 축제장이라고 한다. 독일 서민들의 일상적인 삶의 일면을 볼 수 있는 곳이라는데 일요일 오전에만 열려서 다음 기회로 미루었다.

어시장 뒤편으로 나오니 물류 창고로 쓰고 있는 검은색 벽돌 건물과 검은색 보도블록이 길게 이어져 있다. 휴지 하나 볼 수 없이 깨끗한 뒷골목이 보슬비에 젖어 영화의 한 장면 같은 강렬한 여운이 느껴진다.

일정에 쫓기어 급하게 눈으로 스쳐 가는 관광이 아닌 여유롭게 유유자적 길을 걷다가 보고 싶은 곳이 있으면 발을 멈추고 구경하는 여행이 즐겁고 여유롭다. 그곳에 있는 일주일 내내 친구는 다양한 곳으로 우리를 안내한다.

잠깐씩 햇빛이 나기도 하지만 여전히 흐리고 가끔 보슬비가 내린다. 전형적인 함부르크의 초여름 날씨라고 한다.

함부르크 도시 풍경

오월 중순인데 함부르크 날씨는 싸늘하다. 따뜻한 겉옷을 걸치고 밖으로 나와 목적지와 시간과 장소도 구애받지 않고 유유자적 걷는다.

어디를 가나 잘 정돈된 깨끗한 거리, 현대식 건물과 옛 건물들, 그 사이로 흐르는 운하들의 여유로움, 곳곳에 조각품들이 놓여있는 벤치에 앉아 바라보는 바다, 고풍스럽고 웅장한 도시의 건물들과의 조화로움, 누구든 이 도시에서 느껴지는 중후하면서도 다정한 느낌에 행복할 것이다.

얽히고설킨 관계의 틀에서, 의무에서, 일상의 잡다한 세상의 모든 걱정을 이곳에서는 잠시 내려놓아도 좋을 것 같다. 섬세하게 잘 익은 오래된 포도주의 깊은 맛과 향이 배어있는 것 같은 도시의 풍경, 걷다가 지치면 아무 데나 노천카페에 앉아 커피향에 취해보는 것. 함부르크 이곳에서만 느껴지는 풍부한 역사의 도시에서만이 느껴지는 중후함이 스며있다.

함부르크의 관문이란 란둥스브뤼켄, 혹은 무지크 할레라고 부르는 역에서 보는 해 질 녘의 붉은 석양과 화려한 물빛이 항구도시만의 또 다른 매력이다. 여유와 풍요로움이 넘치는 함부르크를 한마디로 표현한다면 물 위의 웅장한 도시다.

오래전부터 물류 유통사의 수도 역할을 해온 터라 독일에서 가장 부유한 지방이 되었고, 유럽에서 가장 큰 항구도시 중이기도 하다. 산이 없고 대부분 호수와 평야로 이루어져 있다. 수로가 많고 어디를 가나 푸른 나무들이 멋진 건물들과 어울려 독일에서도 최고의 녹색도시라고 한다.

이렇듯 아름다운 도시 어디엔 인간의 또 다른 이면을 보여주는 '세상에서 가장 죄 많은 1마일'이라는 도심 유흥가 속의 한 블록, 홍등가도 있다. 차를 타고 가다가 란둥스브뤼켄에 장크트파울리(st.psuli) 스트라세 거리는 긴 항해에 지친 뱃사람들이 몰리는 홍등가다. 유흥가가 한 블록을 이루고 있는 환락과 '위대한 자유의 거리'이다. 이 '위대한 자유의 거리'는 비틀즈가 1960년대 초창기에 활동하던 곳으로, 지금도 '그로쎄프라이 하이트라3'로 이름을 바꾸고 명맥을 유지하고 있다. 지금도 비틀즈의 올드팬들이 찾고 있어서 관광객으로 늘 북적거린다. 한낮인데도 불빛으로 찬란한 그곳을 우리는 승용차로 지나가면서 눈요기로만 만족해야 했다.

환락의 거리가 있는 반면, 영혼을 치유하고 지은 죄를 용서받기 위해서인지 성당과 교회들도 많았는데 이 도시의 극단적 양면을 보여주는 것 같기도 하다.

함부르크의 구시청사

　고풍스러운 함부르크 시청(Hamburg Rathaus)은 구시가 중심에 있다. 광장의 안뜰로 들어가는 통로와 뒤편 알스타 호수 쪽에서 들어가는 문이 있다. 이곳은 다른 도시에 비해 청동색 지붕이 많이 보인다. 시청사 역시 푸른 지붕을 이고 있다. 시청 정문으로 들어가자 크고 아름다운 나체의 동상들이 분수대를 감싸고 있다. 3층으로 된 히이기아 분수는 로마신화에 나오는 건강, 청결, 위생의 여신으로 중세시대의 네오르네상스 양식으로 되어 있다.

　시청사는 120년 전에 세워진 건물이다. 사암과 화강암으로 중세풍의 건축물로 화려하고 웅장했다. 청사 앞에는 대리석의 역동적인 나체 조각상과 타워 아래 발코니에는 불사조가 서 있다. 함부르크 역사를 표현한 5개의 거대한 회화는 옛 한자동맹의 화려한 시대상을 표현하고 있다. 시청 중앙 타워는 함부르크의 랜드마크로 높이 112m에 7,840평방미터이다. 타워전망대 오르면 먼바다에서 항해하는 배들까지도 볼 수 있다.

구시청사 중앙에 르네상스 양식의 종탑의 거대한 몸집은 너무 높아서 한 번에 카메라에 담아낼 수가 없을 정도이다. 외벽에는 20명의 독일 황제들의 조각상이 서 있고, '선조가 쟁취한 자유를 후세들이 지켜 내기를 바라며'라는 문구도 새겨져 있다.

일요일이라 구석구석 볼 수 없었지만 일층 회랑을 따라 들어서니 화려하고 고풍스러운 실내장식에 압도되는 기분이다. 긴 회랑을 따라 치장한 황제의 방, 연회장 등 총 647개의 방이 있다. 시청사가 아닌 궁전 같다는 느낌을 받았다.

방마다 고전적인 그림들과 카이저잘(황제의 홀)의 웅장한 천장화와 정교한 조각품 장식에 탄성이 저절로 나온다. 일층에 있는 수많은 회의실과 사무실조차도 미술관처럼 보일 정도다. 레스토랑이 있는 지하에는 공연이 열리고 일주일에 한 번 결혼식도 열린다고 한다. 장엄한 홀들을 미처 다 보지 못하고 시청

뒤뜰로 나갔다. 여기저기 벤치와 계단 사이로 색깔 고운 꽃들이 깔끔하게 배치되어 있다.

왼쪽에 있는 유리로 된 넓은 애플 매장이 확 트인 전망과 호수와 어울려 조화롭고 아름답다. 알스타 플리드 운하와 시청광장이 연결되어 있어 수로 관광이 가능한 터미널이 있다. 보트와 카누를 빌려 호수로 나갈 수도 있고 엘베강을 오르내리는 범선 투어도 가능하다고 한다. 알스타 호수 앞 널찍한 계단과 나무 의자들이 있어 엘베강을 오르내리는 범선을 바라보는 느낌은 특별하다. 한동안 벤치에 앉아서 하펜 시티에서의 여유를 즐기고 있다.

근대의 무역기지로 쓰였던 벽돌로 지은 근처의 옛 건물들이 고풍스럽고 단아하다. 그 사이로 알스타 강물이 햇볕에 반짝인다.

성 미카엘 교회

마르틴 루터의 청동상이 있는 성 미카엘(st. michael's) 교회에 들렀다. 루터는 로마 가톨릭의 폐해와 교황 신성화에 반발하여 파문당하고 종교개혁에 앞장섰다. 그의 청동상이 건물 안 입구에 서 있다. 오른손에 성경을 들고 오늘도 무엇을 염원하는지 비장한 표정으로 하늘을 응시하고 있다.

이 교회는 17세기에 선원들의 안전한 항해와 신의 축복을 기원하기 위하여 지어졌다. 12년에 걸쳐 지어진 이 교회는 132m 꼭대기에서 시가지를 한눈에 담을 수 있는 청동으로 만들어진 전망대가 있다. 다른 도시의 전망대와는 달리 고속 엘리베이터가 있어 누구나 쉽게 오를 수 있다. 엘리베이터를 타고 종탑에 오르거나 452개의 계단으로 올라가면 함부르크 시내 전경과 알스타 호수에 떠 있는 요트들과 엘베강의 항구에 들어오고 나가는 배들까지 볼 수 있다.

옛날에는 종탑이 엘베강의 수로를 따라 항해하는 배들의 방향 표지판 역할도 했다고 한다. 바로크 양식으로 천장은 둥글게 디자인되어 있고 실내를 흰색과 금색을 사용하여 밝고 화려하다. 양쪽 부분의 기둥에는 1813년 크리스마스 그 해에 나폴레옹 군대에게 식량을 제공하는 것을 거부해 교회에 갇힌 시민들을 기리는 글귀가 있다.

이층에 있는 설교 제단이 가운데가 아닌 오른쪽 앞으로 돌출되어 있는 게 독특했는데 정면의 아름다운 제단을 방해하지 않고 설교를 할 수 있게 하기 위해서이다.

성 미카엘 교회는 원래 가톨릭 성당으로 지어졌으나 종교개혁 기간에 루터교회로 바뀌었다. 본당에서만 2,500명이 예배를 드릴 수 있는 함부르크에서 가장 큰 교회다.

안으로 들어서자 3층쯤 되어 보이는 곳에 커다란 파이프 오르간에서 웅장하면서도 성스러운 성가가 울린다. 예배의 엄숙한 분위기로 방문자들이 저절로 침묵하게 한다. 우리가 방문한

날에 한국 관광객들이 많았는데 엄숙한 분위기에도 아랑곳하지
않고 사진 촬영을 하는 모습에 같은 민족으로서 민망하였다.

Hafen gebursttag

'Hafen gebursttag'를 우리말로 번역하면 '항구의 생일' '항구축제' 같은 것이다. 함부르크 항구 생일(hafen gebursttag)은 올해는 5월 7일부터 3일간이다. 올해로 830번째가 되었다. 역사가 긴 편이다.

우리의 한강처럼 엘베 강이 도시 앞까지 깊숙이 들어와 양안을 마주 보고 있다. 금요일부터 시작한 행사에 여러 종류의 배들이 미리 와 정박하고 있다. 사람들은 희귀한 배들을 구경하기 위하여 월요일부터 모여들기 시작한다. 여느 축제와 마찬가지로 해안을 따라 음식 부스들이 늘어서 있고 광대, 놀이기구 등이 미리 와 축제 분위기를 돋우고 있다. 라이브 음악 공연장에서 흥겨운 음악으로 떠들썩하다. 한편에는 개인, 단체, 가족들을 위한 다양한 해양 프로그램을 진행하고 있다.

827주년을 축하해 주기 위해 세계 여러 나라에서 온 럭셔리 크루즈와 역사가 있는 선박, 해군 선박, 박물관 선박, 수로 경찰 선박, 예인선 보트, 날렵한 요트, 세일링 보트, 경주용 등 각국에서 온 300여 척의 배가 미리 와 장관을 이루고 있다. 우리 통영 거북선도 한국을 대표하여 827주년 생일을 축하하기 위해 대형화물에 실려 이 해양축제에 참여했다.

아이들을 위한 크루즈, 놀이기구, 특수 박물관 전시, 라이브 댄스장, 마칭 밴드 등 축제 분위기를 돋운다.

우리도 축제가 시작되기 3일 전부터 나와 음식 부스에서 토속음식도 맛보고, 수많은 종류의 배들을 구경하며 해군 함정에도 올라가 색다른 경험을 한다. 행사 전인데 바다에는 갖가지 배들이 날렵한 자태를 뽐내며 곡예하듯 배들 사이로 달린다. 아이들을 태우고 있는 작은 가족용 배, 우아하게 흰 날개를 단 요트들도 유유히 떠다닌다. 한참을 올려다보아야 할 어마어마하게 커다란 크루즈도, 크고 튼튼한 해군용 배들도 한곳에 정박하고 있다.

강 건너편에는 여러 나라에서 물건을 싣고 온 컨테이너들이 줄을 지어 쌓여 있다. '한진'이라는 익숙하고 커다란 글씨가 눈에 띈다. 한때는 엘에이 롱비치 항에, 한진이란 글씨가 쓰인 수많은 컨테이너를 실은 기차가 사막을 달리고 있을 때 얼마나 가슴이 뿌듯했던지. 내 나라의 위상을 보는 듯하여 얼마나 뿌듯했던가. 이제는 선착장에 쌓여 있는 한진이라는 이름의 컨테이너들이 중국의 소유가 되었다고 하니 씁쓸하다. 마지막 날에는 많은 배가 내부를 오픈하여 일반인들도 승선할 수 있었다. 밖에서 보는 것보다 내부는 규모가 어마어마하게 크고 복잡한 기계가 많았다.

항구 생일의 하이라이트는 밤 11시 30분에 벌어지는 파이널 불꽃놀이다. 바다에서 배에서 주변에서 한꺼번에 쏘아 올린 불꽃으로 밤하늘과 땅과 엘베강이 온통 환상적인 오렌지 불빛으로 출렁거린다.

박 신 아 에 세 이

캘리포니아에
비가내리면
Every day, a new fullness

박 신 아　에 세 이

캘리포니아에
비가내리면
Every day, a new fullness

캘리포니아에
비가내리면
Every day, a new fullness

박 신 아 에 세 이

박신아 에세이

Essays by Park Shinah

캘리포니아에
비가내리면

Every day, a new fullness